俺は星間国家の
I am the Villainous Lord of the Interstellar Nation
悪徳領主！
3
三嶋与夢
illustration
高峰ナダレ

（何でリアム君とクルト君の間に
割り込んでくるの！
お前がいると
妄想に邪念が割り込むのよ!!
リアム君やクルト君が寝取られて――）
クルト
Kurt
リアム
Liam
ウォーレス
Wallace

『あぁあぁあぁあぁあぁあぁあぁあぁあぁあぁ!!
想像しちゃったぁぁぁ!!』
エイラ
Eila
?

「今から楽しみだな！」
「旦那様が楽しそうで何よりです」
「卑怯者！恥を知りなさい！」
婚約式用にあつらえた白いドレスに身を包んだロゼッタが俺を睨む。
天城
Amagi
…

「綺麗なドレスが台無しだな。
もっと喜んだらどうだ？」
ロゼッタ
Rosetta

「逃げても無駄だ。
お前らは死ぬ気で
俺を楽しませろ！」

BFC-X001LSC-[G]
アヴィド改・重陸戦仕様
Avid

CONTENTS

I am the Villainous Lord of the Interstellar Nation

俺は星間国家の悪徳領主！

I am the Villainous Lord of the Interstellar Nation

3

三嶋与夢

illustration

高峰ナダレ

イラスト／高峰ナダレ

プロローグ

そこはドーム状の研究施設だった。

中央に配置されたのは、人の姿をした石像――ではなく、人を石化させて作った石像だ。

何百人という人間たちが石化しており、苦悶《くもん》の表情を浮かべている。

中には憎悪の感情をむき出しにする石像もあった。

その周囲には白衣を着た研究員たちの他に、ローブ姿の魔法使いたちもいる。

様々な機材が石像たちを囲み、研究員と魔法使いたちが慌ただしく動き回っていた。

そんな様子を、高い場所から俺【リアム・セラ・バンフィールド】は見下ろしている。

「さて、目覚めるのは何者たちだろうな？」

以前、友人である【クルト・セラ・エクスナー】の領地で海賊退治を行った。

その際に手に入れた宝の中に、石化させられた彼らもあった。

どのような理由で石化させられたのかは知らない。

だが、悪趣味なことに彼らには、同時に祝福もかけられていた。

いや、呪いか？

石化されても意志だけは残る呪いは、何百年経《た》とうと精神を維持するそうだ。

つまり、石化されたまま精神は維持され続ける。

精神的な意味での死すら許されない状態だ。

わざわざ石化されて、そのような呪いまでかけられた存在たち。

それを俺は復活させようとしていた。

楽しそうに見下ろす俺の隣には、クラシカルなメイド服に身を包む【天城《あまぎ》】の姿がある。

無表情ながらも美しい容姿をした人間にしか見えないが、その正体はロボットだ。

人が作りだしたと示すために、クラシカルなメイド服には不釣り合いな両肩を出す露出部分がある。

そこから見える両肩の刻印が、人ではないことを示していた。

天城の赤い瞳が俺と同様に石化した奴《やつ》らを見下ろしていた。

「旦那様、本当に彼らを解き放つのですか？　石化された上に、呪いまでかけられた存在です。これほどの事をされた理由があるはず。解放は危険すぎると思いますが？」

彼らが悪人だった場合、解き放つのは危険ではないか？　そんな天城の疑念はもっともだが、俺は彼らに強い興味があった。

どんな悪事を働けば、このような酷《ひど》い状況に追い込まれるのだろうか？　と。

「俺が奴らに話を聞いてみたくなっただけだ。安心しろ、解き放った瞬間に奴らが暴れ回ろうと、俺がお前を守ってやる」

腰に提げた刀を左手で持ち上げて見せてやれば、天城は目を細める。

「旦那様の手に負えない可能性もあります」

ない。

「ここで死ぬならそれまでだ」

他者が聞けば達観しているように思えるだろうが、俺は最初から身の危険を感じてはいない。

何しろ、俺には【案内人】という素晴らしい存在が味方についている。

俺は前世で裏切られ、地獄を見てきた。

そんな俺に救いの手を差し伸べてくれたのが案内人だ。

俺をこの世界に転生させた存在で、アフターフォローを欠かさない男だ。

実はこの状況すら、俺へのプレゼントではないかと考えている。

俺を心配している天城は、諦めたのか視線を石像たちへと戻した。

「石化の解除がはじまります」

「ワクワクするな」

一体何者たちが石化されていたのだろうか？　それを知るだけでも、こいつらを解き放つ価値があるというものだ。

魔法使いたちが呪文を唱えると、幾重にもかけられた呪いを解除していく。

アナウンスでエリクサーの使用が伝えられる。

その扱いは慎重で、周囲も緊張に包まれていた。

『これよりエリクサーを投薬します！』

エリクサーとは、神秘の秘薬。

星間国家が存在するこの世界だろうと、簡単に量産できないとても高価な秘薬だ。

天井から落とされた固形物が、石像に当たると砕けて液体として広がっていく。

その様子を見ながら、白衣を着た研究員たちが次々に薬剤などを投入していく。

石像の色が変わり、ひびが入ると砕けてこぼれ落ちていく。

その中から人が現れるが、全員が裸だった。

石像は衣服を着用していたように見えたが、どうやら一緒に砕け散ってしまったようだ。

解放された彼らがその場に座り込むと、自分たちの姿を見ていた。

体が動くことに感動して涙を流している者もいる。

そんな中で、俺を見上げている存在が数人いた。

警戒する者、怯《おび》える者、何を考えているのか分からない者……だが、一人だけ俺を見ているると、手を伸ばす女がいた。

両手を俺に伸ばすその女は、紫色の髪と瞳をしていた。

石化された人間たちの中でも、その女は強い光を放っている気がした。逆に、強い闇を背負っている者もいる。

いや、そういった奴らの方が多い。

魔法使いたちから報告を受けた天城が、俺に現状を伝えてくれる。

「どうやら、意識は辛うじてあるようです。説明すると、旦那様が自分たちを解放してくれたと理解したそうですよ」

それを聞いて口元が緩む。

きっと、今の俺は酷く嫌らしい笑みを浮かべているのだろう。

「好都合だな。恩を売って利用できる」

クツクツと笑ってやれば、天城が首を小さくかしげて不思議そうにしていた。無表情ではあるが、些細《ささい》な変化から俺にはそう見えている。

「な、何だよ？」

「いえ、楽しそうだと思っただけです。ただ、解放されたばかりで混乱している様子ですからね。しばらくは精神的な治療と休養が必要でしょう」

見下ろせば、俺を見ている紫髪の女の目はうつろだった。

他には肌が青白いというか、ダークブルーのような色をしている奴らもいる。

いや、大半の奴らがそうだ。

「すぐに治療を開始しろ。回復次第、聞き取りを行ってどこの誰かを調べろ。どうして石化されたのか、教えてもらおうじゃないか」

「承知しました」

天城が俺の命令を受けて、すぐに指示を出していく。

俺は腕を組み、今後の予定を考える。

「そろそろ幼年学校への入学が迫っている。その前に〝貯金箱〟でも割ってくるか」

幼年学校へ入学すれば、しばらくは自由に出来ない。

その前に、少し懐を温めておこうと行動を開始することにした。

それを天城が不審がる。

「貯金箱ですか？　旦那様が貯金箱を持っているとは、存じませんでした」

「手元にはないな。だが、沢山あるぞ」

ドームの天井を見上げて両手を広げる俺は言う。

「出撃だ！　アヴィドもヴァールに積み込め！」

俺の専用機である機動騎士アヴィド。

それは両肩に大きな盾をマウントした人型兵器であり、全長二十四メートルの黒い大型の機動騎士だ。

そして、ヴァールは超弩級《ちょうどきゅう》戦艦。

何千メートルとある戦艦であり、数万の艦隊を指揮する旗艦の役割を担うとにかく凄《すご》い戦艦だ。

どれくらい凄いか説明すれば、戦艦の中に本物の町がある。

意味不明だが、戦艦の中に町があって暮らしている人々がいる。

一種のスペースコロニーとでも言えばいいだろうか？

とにかく、そんな超弩級戦艦を莫大《ばくだい》な予算をかけて無駄に建造した。

そんな無駄も許されるのが悪徳領主だ！

民の血税を俺の気分一つで湯水のように使う。

これを悪と言わず何と言うのか？

そして、そんな民の血税を使って行うのは——この世で最も愚かな行為。

戦争だ。

だが、これからはじまるのは、戦争とも呼べない一方的な蹂躙《じゅうりん》になるだろう。

何しろ、俺や俺の軍隊は強いからな。

◇　◆　◇　◆　◇

この世界には宇宙海賊が存在している。

宇宙で活動する悪い奴らだ。

そいつらが宇宙で活動する際に拠点とするのが、宇宙海賊たちの要塞だ。

採掘が終わった資源衛星を再利用したものが多いが、宇宙海賊たちは悪さをしながらせっせと集めた宝を自分たちの住処《すみか》である隠れ家に隠す。

そうした場所は防衛しやすいように武装化すれば、要塞となるわけだ。

だが、俺から言わせてもらえれば、そんな宇宙海賊の要塞は『貯金箱』である。

巨大すぎる宇宙戦艦ヴァールのブリッジから、俺は戦闘の様子を眺めていた。

宇宙海賊たちの要塞に向かってバンフィールド家の艦隊が攻撃を行っている。

万を超える戦艦から光学兵器や実弾兵器が放たれ、敵要塞を削っていく眺めは素人が見ても一方的な光景だろう。

　ブリッジのオペレーターたちが、戦況を報告する。

「機動騎士部隊、敵要塞内へ侵入を開始しました」

「敵要塞への進入路を確保しました。陸戦隊の投入を開始します」

　要塞内部へと味方が侵入すると、俺はシートから立ち上がって命令を出す。

「アヴィドを出せ。それから、いつもの連中も用意しろ」

　成長したとは言っても十代半ばの子供の姿である俺に、周囲にいる将校たちが背筋を伸ばして敬礼する。

「出撃準備は整えてあります」

　一番偉い司令官がそう言うと、俺は口角を上げて悪人らしく笑ってやった。

「幼年学校の入学前だ。暴れられる内に暴れておかないとな」

　休日だから普段乗らない車も乗っとくか～、みたいなノリだ。

　宇宙海賊が憎いとか、正義のためにとか、そんな理由で俺は宇宙海賊と戦わない。

　全ては俺が俺であるためだ。

　強く威張り散らしている悪党を倒すのは、正義の味方などではない。

　もっと強い悪党——そう、この俺だ！

　言ってしまえば趣味のようなものだが、実利を生み出すから余計に楽しい。

「今度の海賊共は、どれだけの財宝を貯《た》め込んでいるか楽しみだ」

宇宙海賊たちがせっせと集めたお宝を、この俺が奪いに行く。

奴らの要塞は、まさに俺の貯金箱だ。

◇　◆　◇　◆　◇

敵の要塞内部。

アヴィドで侵入した俺は、周囲に護衛機を侍《はべ》らせながら海賊を素手で相手にした。

ロボットの手はマニピュレーターと呼ばれ、本来ならば繊細な動きを再現する精密機械と呼べる部分である。

普通はそんな手で戦ってはいけないが、アヴィドは特別だ。

「ほら、どうしたよ。もっと抵抗しろよ！」

握った敵機動騎士の頭部がグシャリと簡単に潰される。

金属の塊だろうと、簡単に潰してしまうアヴィドのパワーに惚《ほ》れ惚《ぼ》れしていた。

周囲に漂うのは、宇宙海賊たちの機動騎士やその他兵器の残骸だ。

倒し終わると敵を投げ付ける。

「五千隻規模と聞いていたが、今回も大したことがなかったな」

今回も楽しめなかったと思っていると、護衛機がアヴィドの前に出た。

『リアム様、お下がりください！』

俺を守ろうと前に出た護衛機が、敵に吹き飛ばされる。俺の護衛に回される騎士たちは精鋭だ。それを吹き飛ばすとなれば、敵はそれなりに腕が立つことになる。

登場したのは海賊になった騎士が駆る機動騎士だ。

騎士とは特別な肉体強化と訓練を受けた存在で、普通の兵士よりも貴重な存在だ。

優秀だが育成コストがかかる。

そんな騎士にも宇宙海賊になる奴《やつ》らがいる。

それが海賊騎士だが――俺は別に海賊になった騎士を責めたりしない。

そいつは実体剣を持ってアヴィドに斬りかかってきた。

動きなどから見ても、これまで戦ってきた相手より強いのだろう。

俺の護衛を倒すくらいには、パイロットとして高い技量を持っている。また、改造された機動騎士は、新型機のネヴァンに負けないくらいの性能を持っているらしい。

『海賊狩りのリアム！　お前が好きに暴れ回っていられるのも今の内だ。お前は俺たちの世界で懸賞金をかけられた』

多くの星間国家が、危険な宇宙海賊たちに懸賞金をかけている。それと同じように、宇宙海賊たちも俺のような宇宙海賊を狩る存在に懸賞金をかけている。

宇宙海賊の世界で、俺はお尋ね者になったらしい。

――実に面白いじゃないか！

アヴィドの盾が振り回す実体剣を受け止め、火花を散らしていた。

「それは初耳だ。それで、お前らは俺の首にいくらの値をつけた？」

『粋がるなよ、小僧！　いずれ――ファミリーが――』

海賊騎士が言葉を続けられなくなると、俺は興味を失ってアヴィドに蹴り飛ばさせた。

右手にはアヴィドがレーザーブレードを握っている。

「さっさと答えないから時間切れだ。多少は楽しめたぞ」

俺の懸賞金額を聞きたかったが、言わなかったので斬り捨てた。

ただ、ここで俺は違和感を抱く。

「――アヴィドの様子がおかしいな」

右腕のチェックを行うと、自己診断の結果で不良が見つかった。見つかった箇所は関節を中心とした箇所で、これが初めてではない。

「またなのか？　ちょっと前に整備したばかりだぞ」

動かすと関節から放電しており、どうやら負荷がかかりすぎたらしい。

「ニアスの奴、手を抜いたのか？」

ニアスとはアヴィドを整備できる第七兵器工場の技術大尉だ。優秀な人材だが、性格に問題を抱える残念な娘でもある。ただ、仕事に手を抜くようなタイプではない。

整備には予算も時間もしっかり与えていたから、手は抜いていないだろう。それでも、何度も問題が出れば腹も立つ。

「戻ったら呼び出してやる」

敵の掃討が完了したのか、部下が俺の指示を求めてくる。吹き飛ばされた護衛機も、どうやらパイロットは無事らしい。

『リアム様、特殊陸戦隊トレジャーが到着しました』

「来たか！　よし、宝探しだ」

アヴィドの件は戻ってから片付けることにして、俺はコックピットを出る。

外に出ると、宝探しを専門で行う陸戦隊が到着していた。それよりも、特殊陸戦隊トレジャーというネーミングは、何故《なぜ》か子供の頃に見ていた特撮ヒーローを思い出す。

ただの精鋭部隊だけどな。宝探しに特化した無駄に優秀な部隊は、どのような状況にも対処できるという特殊部隊でもある。

こういう特殊部隊という言葉に、男の子はときめいてしまうものだ。

「宝探しだ。気合を入れろ！」

「はっ！」

特殊部隊が無重力状態で俺の前に整列し、敬礼すると即座に散開して宝探しを開始する。

こうして敵要塞からお宝を奪っている。手に入った要塞も、そして宇宙海賊たちが出した残骸やゴミも――全てが俺の財産へと変わる。

宇宙海賊は俺の財布だ。

◇　◆　◇　◆　◇

今回の貯金箱は当たりではあるが、大当たりではなかった。

それなりに稼げたが、大儲《おおもう》けはできなかった。

屋敷に戻ってきた俺は、廊下を歩いていた。

隣を歩くのは、バンフィールド家の執事【ブライアン・ボーモント】だ。

初老の人の良さそうな男だが、今は顔をしかめて恐れ多くもこの俺に意見を述べている。

「リアム様、宇宙海賊の要塞を貯金箱呼ばわりとは何事ですか！　このブライアン、リアム様にも可愛《かわい》いところがあると喜んでいたのに、騙《だま》されてしまいましたぞ！」

俺が貯金箱を持っている可愛い姿でも想像していたようだが、俺の領地にある全てが俺の財産だ。わざわざ貯金箱を持つ必要がない。

「それはお前の勘違いだろうが」

「誰でも勘違いします！」

悪人を自称する俺は、基本的にイエスマンを好む。

逆らう奴は嫌いだが、このブライアンというのは長年バンフィールド家を支えてきた執事である。

執事は俺が暮らす屋敷を取り仕切る重要な役職であるため、簡単に処分できない面倒な存在だった。

そのため、多少の小言は許している。

「そもそも、貯金箱を割りに行くと言って軍隊を動かすとは何事ですか！」

「俺の軍隊だ。俺の力だ！　俺が使いたい時に使って何が悪い」

プイッ、と顔を背けると、ブライアンが反対側に回って俺の視界に入る。

「もう十二分に活躍されております。今後は前線に出るような真似《まね》はお控えください。このブライアンは、もう心配で夜も眠れません！」

白いハンカチで涙を拭う初老の男に付きまとわれる俺は、辟易《へきえき》とした表情を浮かべていることだろう。

「どうせすぐに幼年学校に入学だ。それから、アヴィドは第七兵器工場に送れよ」

「既に手配しております」

ブライアンは俺が幼年学校に入学すると聞いて、今度は嬉《うれ》し涙《なみだ》を流す。

「それにしても、ついにリアム様も幼年学校に入学する歳《とし》になられましたか。このブライアン、本当に嬉しくて泣いてしまいますぞ」

「いつも泣いているだろうが」

幼年学校——それは、アルグランド帝国の貴族出身の子供たちを教育する場所だ。

ここに通えるのは本当に一部のエリートであるが、星間国家は規模がでかすぎてその一部もかなりの数になる。

帝国の将来を担う子供たちを育成する場所は、幼年学校のためだけに存在する惑星だ。

六年間を全寮制の学校で過ごす。

学ぶのは貴族として必要な知識や経験に技術。

ハッキリ言えば、金持ちの学校だ。

わがままに育った貴族のガキ共を、最低限人前に出せるように教育する更生施設と言ってもいいだろう。

何しろ、貧乏貴族でも惑星一つを支配していることがある。俺のように地元では王様として育った馬鹿な奴らが、いきなり世間に出ると問題行動ばかり起こしてしまう。

それを矯正するのが、幼年学校の役割と思えばいい。

何とも情けない理由で用意された学校と思えばいい。

ブライアンが涙を拭き、俺に今日の予定を話す。

「それから、リアム様には今日も沢山のお客様が訪ねてきております。ただ、今回も厄介なお客様がお越しでして」

ブライアンが困り顔で言う厄介なお客様の話を聞いて、俺は足を止めて溜息《ためいき》を吐《つ》いた。

「またかよ」

◇　◆　◇　◆　◇

慈善事業など無価値だ。

俺は天城《あまぎ》を側《そば》に置き、応接室で一人の男と話をしている。

い組織である。

スーツ姿でいかにも真面目そうな男は「惑星再生活動団体」という組織の幹部だ。

組織の活動内容は、滅ぼされた惑星の再生活動になる。

人為的に荒廃させられ人が住めなくなった惑星を、元の姿に戻そうとしている素晴らし
い組織である。

その活動は、金持ちたちの援助で成り立っていた。

「はい。我々の活動にご理解をいただき、そして支援していただきたいのです」

慈善事業を熱心に語り、俺に金を出させようとしていた。

男は俺に、いかに荒廃した惑星が多いのかを説明してくる。

「戦争や海賊たちの蛮行により、荒廃した惑星は数多く存在します。それらの星をこのま
ま見捨ててもいいのでしょうか？　流浪の民となった人々も大勢いるのです。そんな彼ら
のために、再生した惑星を用意して大地で生活してもらうのが我々の活動です」

実に立派で素晴らしい考えだ。

「素晴らしい理想だな。感服したよ」

「それでは、支援していただけるのですね！」

男は俺がパトロンになると思ったのか、喜んでいる。

「荒廃した惑星を再生させる——実に素晴らしい。だが、俺がお前らのパトロンになるこ
とはない。二度と顔を出すな」

「――え？」

ソファーにふんぞり返る俺は、男を見てニヤニヤしてやる。

慈善事業？――反吐《へど》が出る。

「好きなだけ人のために活動すればいい。だが、俺に関わるな。俺はお前らの活動に少しも興味がない」

今ではあり得ないが、前世の俺は募金箱を見ればよく小銭を入れていた。

これで誰かの助けになるのなら、そう思っていた。

だが、俺が前世で苦しんでいる時は、その小銭すら喉から手が出るほどに欲しかった。

おにぎり一個でもいいから、買う金が欲しかった。

それなのに、誰も俺を助けてはくれなかった。

散々募金をしてきたが、俺が苦しんでいる時は誰も恵んでくれなかった。

その時に俺は理解した。

――慈善事業など自己満足と変わらない。

「俺は、お前らのような奴らが嫌いだ。精々、自己満足のために他人を助けていろ」

男は俺の言葉に義憤で顔を赤くして、体を震わせている。

「そ、それが名君と言われる領主の言葉ですか！　貴方《あなた》には期待していたのに！」

「勝手に期待でも何でもすればいい。だが、それに俺が応えてやる義理はない。それに、俺がいつ自分のことを名君と名乗った？」

「領民の皆さんは貴方に期待しています。名君だと称《たた》えているではありませんか！　それなのに実態はどうです？　そのようなことでは領主として失格ですよ！」

こいつは馬鹿なのか？

「領民たちが勘違いをしているだけだ。それから、先程から随分と図々《ずうずう》しい態度だな」

目を細めると、男が冷や汗を流していた。

「わ、私に手を出せば、付き合いのある大貴族の方たちが黙っていませんよ！」

慈善事業に熱心な貴族たちが多いらしい。

パンフレットには、俺でも聞いたことのある名門貴族の名が書かれている。

余裕のある貴族たちが、こうして慈善事業に金を出すのは珍しい話じゃない。

俺は絶対にしないけどな。

「他人の名前を出せば俺が引くと思ったか？　ここは俺の領地。ここでは俺が法だ。お前一人を消すくらい、何の問題もない」

いくら他家でも、俺の領地に来て説教をするような男を庇《かば》うわけがない。

精々、文句を言ってくるくらいだ。

大貴族の多くは、人の命に価値があると思っていない。

俺たちにとって命など、単なる数字でしかない。

一人一人が生きていると実感している奴《やつ》は希《まれ》だ。

「好きなだけ人助けをしていろ。俺は文句も言わないし、金も出さない。それだけだ。何の問題もないだろ？」

　威圧してやると、男はパンフレットを置いたまま逃げるように部屋を出て行く。

　その姿を見てゲラゲラ笑っていると、俺の後ろに控えていた天城が責めるような視線を向けてくる。

「旦那様、あの態度はいかがなものかと思いますよ」

　傍若無人な俺だが、天城には弱かった。

　無表情ながら怒っている天城に、俺は言い訳をする。

「そう言うなよ。でも、慈善事業は嫌いだ。善意？　そんなものを俺は信じない。むしろ、利益になるから助けると言う奴の方が信じられる」

「多少の援助をして黙らせてもいいはずです。それをしたところで、財政に負担はありません」

　錬金箱――そんなとんでもないお宝を俺は持っている。

　かき集めたゴミを黄金に変えてくれる素晴らしい道具だ。

　その錬金箱が、俺に無尽蔵とも言える経済力を与えてくれている。

　ただし、そんな状態でも慈善事業だけは絶対にしない。

　意見を変えない俺に、天城は悲しそうな目を向けてくる。

「そんなに慈善事業がお嫌いなのですか？」

　いくら天城の意見でも、俺にも譲れないことがある。

俺は前世の苦しみを絶対に忘れない。

「当然だ」

即答したが、天城は納得したように見えない。むしろ、不思議がっている。

「何だよ？」

「いえ、リアム様のご命令で当家も慈善事業を行っております。荒廃した惑星を買い取り、再生を行っておりますからね。行き場のない流民の方々の受け入れも進めていますし」

確かに似たようなことを俺はしている。

だが、俺の行動を慈善事業と同じと考えられてはたまらない。

「慈善事業？　違うな。俺は将来のために動いている。惑星を再生して流民を受け入れるのも、俺の財産になるからだ。惑星も人も、全ては俺の財産だ。慈善事業と一緒にするな」

天城の責めるような視線が緩み、何故《なぜ》かちょっと楽しそうに見えた。

「――何だよ？」

「いえ、旦那様はそれでいいのだと思っただけです。ただ、海賊たちから救出した者たちへの治療などは、慈善事業ではありませんか？」

石化した奴らを助けたように、海賊に捕らえられて酷《ひど》い責め苦を受けた者たちも助けている。治療のために、時にはエリクサーを使用することもある。

コストに対してリターンが少なすぎて、明らかに間違っている行動だ。

「海賊に囚《とら》われている奴らは、男女共に美形が多い。もしくは、優れた技術や知識を持っている奴らだ。そういう人材に恩を売るのもいいだろう？　そいつらも財産だよ。それに、美形やその子供たちが、いずれ俺のハーレムを彩る。そのための投資に過ぎない」

助けて領内で自由にさせれば、結婚して子供が出来る。

将来的に美女が増えて、俺のハーレムは豪華になるという計画だ。

無駄の極みであるが、俺は自分の欲望に忠実に生きると決めている。

「その旦那様のハーレムに、未《いま》だに一人もいないのですが？」

「お前がいるだろ！」

「何度も申し上げておりますが、私はカウントされません。ゼロ人です。現時点でゼロ人ですよ。この事実をしっかりと受け止めてください」

「お前がいるからゼロじゃない！　ここでは俺が法だ。俺がルールだ。誰にも文句は言わせないからな！」

天城は諦めたのか、わざわざかぶりを振って見せた。

そして、次の予定について話をする。

どうして慈善事業の話から、こんな話になったのだろうか？

「次の面会ですが、第三兵器工場の新担当の挨拶となっております」

「新担当？　ユリーシアはどうした？」

第三兵器工場の担当だが、以前はユリーシアというニアスと並ぶ残念娘が担っていた。

しかし、ここに来て変更されたらしい。

「彼女は、軍学校に再入学し、再教育を受けているようです」

「再教育？　あいつには必要ないだろ」

軍には訓練が終わった軍人向けに、再教育を施す学校が存在する。その理由だが、この世界の人生は長い。軍人になり数十年もすれば、再教育が必要になることもある。

また、一時的に退役していた軍人や、配置換えで教育が必要な軍人たちも利用する施設だ。

他には新しい技能を習得することも可能だ。

整備兵が、再教育を受けてパイロットになる――などの事もしている。

ただし、新たな技能を得るために利用すれば、それだけ軍に在籍する期間が延長される。教育も無料ではないし、それだけ有能ならば軍のために長く働けということだ。

ユリーシアは現役の軍人だから再教育の必要はないだろうから、新たな技能欲しさに再利用したのだろうか？

「理由は不明ですが、既に再教育中です。そのため、担当者の変更と挨拶を行いたいとのことです」

残念娘が一人消えてしまった。

少し残念――いや、残念娘ならニアスがいるから問題ないな。

「まぁ、いいか。それにしても、今日も面会希望が多いな」

「旦那様の幼年学校入学を前に、面会しておきたいのでしょう。幼年学校に入学すれば、滅多なことで面会はかないませんからね」

幼年学校に入学すれば、重要度の低い面会は拒否される。

その前に顔を合わせておきたい奴らが多いのだろう。

そんな幼年学校について、俺は大事なことを思い出した。

「天城、幼年学校への賄賂は送ったか？」

幼年学校への入学を控えている俺は、悪人らしく賄賂の話をする。

「賄賂ではなく寄付金です。既に多額の寄付を行っております」

「どちらも同じだ。だが、これで幼年学校も楽しめそうだな」

幼年学校に入学金は必要ないが、貴族には面子《メンツ》もあるので一定額を寄付するのが通例だ。

その中には、その寄付金を増やし、幼年学校で便宜を図ってもらう奴もいる。

――そう、俺のようにな！

「六年間の学校生活を楽しませてもらうとしよう。どんな特別待遇が受けられるかな？」

幼年学校だろうと、財力でかしずかせてみせる！

金の力は偉大だ。

幼年学校で六年間を楽しく過ごすために、俺は多額の寄付をした。

全ては特別待遇を受けるためである。

天城は微笑《ほほえ》んでいた。

「旦那様が楽しそうで何よりです」

◇　◆　◇　◆　◇

バンフィールド家の屋敷にある侍女長の部屋。

侍女長である【セリーナ】は、空中に浮かぶ本来の主人である帝国宰相の映像を前にして姿勢を正していた。

セリーナの本当の主人は、リアムではなく宰相だ。

ブライアンの推薦でバンフィールド家に仕えることになったセリーナだが、宰相からリアムを探るように命令されたスパイである。

『呼び出してすまないな。さて、本題に入ろうか。バンフィールド家が行った、幼年学校への莫大《ばくだい》な寄付金に関して理由を聞かせてもらおうか』

「寄付金ですか？」

『そうだ。幼年学校の教師共が、頭を抱えているぞ。これはいったいどういう意味なのか、となな。幼年学校の校長が泣きついてきたぞ』

「多額の寄付をする貴族がいるのは珍しいことでもないでしょうに」

『ただの貴族なら、子供のために便宜を図れという意味だ。それくらいは幼年学校の教師たちも理解している。だが、その相手が海賊狩りのリアムでは、頭を抱えても仕方がない』

侍女長は、宰相の言いたいことを理解する。

「幼年学校では、リアム様が清廉潔白な方であると知らないのでしょうか？　リアム様は特別待遇を嫌いますよ」

スパイとして送られたセリーナだが、リアムについては宰相の敵ではないと判断していた。

また、子供ながら非常に優秀な領主であると評価していた。

『知っている。知っているからこそ困る。寄付金が多すぎて、教師たちが判断に迷っている。君の意見を聞こうか』

「それであれば、簡単なことです。リアム様は、幼年学校での特別待遇など望んでおりません。しっかりとした教育環境をお望みです」

それを聞いた宰相も『やはりそっちか』と納得した。

侍女長は、以前リアムに幼年学校について詳しく聞かれたことを思い出す。

「幼年学校では予算不足を寄付金で補っている、というお話に興味をお持ちでした。特別待遇を受けられるために、多額の寄付をする愚かな貴族が多いとお話をすると考え込まれていましたね。きっと、嘆いておられたのでしょう」

大貴族というだけでも好待遇を受ける。それを聞いたリアムが、真剣に考え込む姿にセリーナは不満に思っている——と考えていた。

「そのような環境は、リアム様の望むものではございません」

『若いのにしっかりしすぎているな。屋敷での様子は相変わらずなのか？』

「はい。朝から鍛錬と勉学に励み、政務もこなしております。口の悪さに関しては私も注意をしますが、その他のことでは一切口を出す必要がありません。あの年齢でなくとも、立派な貴族であると断言できます」

『現実味がなさ過ぎる。何か面白い話はないか？　多少遊んでくれている方が、まだ可愛《かわい》げがあるぞ』

真面目すぎて可愛げがないという宰相に、セリーナがクスリと笑う。

「誰かさんのように、息抜きに宮殿のメイドを口説く、などですか？」

『あ、あの頃は若かったのだ。伯爵にそういった話はあるのかね？』

強引にリアムの話題に戻す宰相は、昔を思い出したのか照れていた。

セリーナはそんな宰相を微笑ましく思うが、質問には困った顔をする。

「ブライアンとも相談しているのですが、まったく手を出そうともしません。真面目すぎて困る、というのが本音ですね」

自分の屋敷にいるメイドや、修行に来ている寄子の家の娘たちに見向きもしない。

リアムに対する唯一の悩みが、女性問題だった。

手を出して困るのではなく、手を出さなくて困っていた。

『それはそれで問題だな』

「いっそ、幼年学校でガールフレンドでも出来れば、多少は格が低くても正妻として受け入れることも考えています」

『あまり厄介な家と縁を結ばれては困るぞ。見合いはどうか？』

宰相からすれば、リアムが下手な相手と結婚して悪い方に転がるのを警戒していた。

セリーナもそれは心得ている。

二人とも、リアムが帝国のために働くように仕向けたい立場の人間だ。

「リアム様個人の信用はともかく、バンフィールド家としては、信用がほとんどありません。他家も二の足を踏んでおります」

見合いの席を設けようにも、リアムの父や祖父が酷すぎて他家がためらっている。

リアム個人なら問題ないが、家同士の付き合いと考えると信用がまるで足りない。

ただし、リアム個人は評価されているため、修行が終われば様子見をしていた貴族たちも動くだろうと考えていた。

この世界では、五十年の実績などその程度の価値しかない。

せめて、リアムに百年の実績があれば、見合い話が次々に舞い込んでくるだろう。

リアムの父と祖父が、それだけ酷かったという証拠である。

『だろうな。私でもためらう。そのために君を派遣して様子を見てもらっているのだから』

取り込むのか、放置するのか――見極めるために送られたのがセリーナだった。

宰相は今後を考え、表情が少しだけ曇る。

『嫁取りの問題もあるだろうが、幼年学校には殿下も入学される。その辺りも気を付けて欲しい。伯爵にはそれとなく注意をしていてくれ』

セリーナも思い出し、微妙な表情をするのだった。

「ウォーレス殿下ですね。まさか、あの方とリアム様が同級生になってしまうとは、運が良いのか悪いのか」

帝国の皇子の一人である【ウォーレス・ノーア・アルバレイト】は、リアムの同級生として幼年学校に入学予定だった。

第一話　楽しい幼年学校

ついに幼年学校へ入学する日がやって来た。

惑星の季節は春で過ごしやすい。

ただ、幼年学校の入学式は想像していたよりも地味だった。

貴族の子弟も帝国中から集めれば大勢いる。

上は大貴族から、下は貴族とは名ばかりの連中まで沢山いる！　もう、多すぎてお貴族様という気がしてこない。これが星間国家のスケールか？

だから、何万人も入る建物で大々的に入学式を行うのかと思っていたら、生徒たちをある程度のランクに分けて別々に入学式を行っていた。

おかげで、非常に地味だ。

俺の通う予定の第一校舎は、とにかく幼年学校でも名門を集めたような学舎だ。

優秀な若者たちが集められていると聞くから、随分と評価されているらしい。

多額の寄付金を納めたために、いきなりの好待遇である。

「やはり世の中は財力がものを言うな」

俺の呟《つぶや》きに小声で注意をしてくるのは、実家であるエクスナー男爵家が多額の寄付を行ったであろう――跡取りの【クルト・セラ・エクスナー】だ。

「リアム、静かにしないと怒られるよ」

「お前は相変わらず真面目だな」

レーゼル子爵家で一緒に修行をしたクルトとは、年齢も一緒だから同級生だ。

こいつの実家は悪徳領主として年季は浅いが、領民からギリギリまで搾り取ろうとするガッツを持った家だ。

クルトも真面目系悪徳領主を目指しており、俺の悪徳領主仲間である。アーレン剣術とかいうメジャー剣術の免許皆伝も持っていて、顔立ちもよく、そして背も高い。

それにしても、数年見ない間にまた背が伸びている。

見た目は好青年の貴公子だが、中身は悪人と面白い奴《やつ》だ。

周囲に視線を巡らせれば、いかにもお金持ちの子供みたいな奴らばかりだ。

「それにしても、どいつもこいつも偉そうな奴ばかりだな」

俺たちの周囲にいる連中も権力や金を持っていそうな顔をしている。

クルトは当然だと言って、俺に説明する。

「第一校舎には入れるだけでも凄《すご》いからね。格式とか、才能とか、とにかくここに入りたくても入れない生徒も多いらしいよ。みんな緊張しているのさ」

そんな連中の中に、金の力で入り込む俺は何て悪い奴だろう。

まぁ、だからどうした？　という話だ。

世の中、金があれば大抵のことはどうにかなる。

俺は同級生となる奴らの顔を眺めていた。

その中には【エイラ・セラ・ベルマン】の姿もあった。

茶色の髪をポニーテールのようにまとめたその女の子は、俺たちと同じ悪徳領主の一族に生まれた子だ。

ベルマン男爵家の娘で、同じくレーゼル家で修行時代を過ごした仲間である。

「生で見ると大人びてきたな」

「そうだね。リアムが褒めたら喜ぶんじゃない？」

「お前が言えよ」

この数年、何度も連絡を取り合ってきた友人の一人でもある。

ただ、映像で見るよりも、エイラは随分と大人びて見えた。

女の子の成長が早いのは、どうやらこの世界も同じらしい。

懐かしい顔に久しぶりに再会できて喜んでいると、俺の視線が一人の女子に留まる。

「クルト、あいつを見ろよ。金髪縦ロールをリアルで初めて見たぞ」

長い金髪で大きなロールを作った髪型の女子がいた。随分と邪魔になりそうな髪型は、それだけ髪に時間と金をかけている証拠でもある。

照明の光に照らされて輝くような髪は多いが、中でもそいつの髪は俺には黄金の輝きに見えていた。

そいつは背筋が伸びて、いかにもお嬢様という印象がある。いや、この場にいれば全員がお嬢様だから、間違いでもないが適切でもないか？

つり目で瞳は青い。

卵形の小顔で唇が瑞々《みずみず》しい。――そして気の強さが顔に出ていた。

年齢の割に胸も大きく、腰はくびれて引き締まっている。

俺が見ていると、興味を持ったと勘違いされたらしい。クルトが、その女子について知っていることを教えてくれる。

「リアムが見惚《みと》れるなんて珍しいね。彼女は――公爵令嬢だね」

「公爵家か？」

公爵とは、伯爵の二つ上の地位になる。

俺よりも立派な爵位を持つ家の出と聞いて、ちょっと腹立たしい。

「有名人だよ。名前は【ロゼッタ・セレ・クラウディア】。女系で有名な公爵家だからね。僕もそれ以上は詳しく知らないけどさ」

この世界の貴族はとにかく多い。

帝国の場合、公爵は皇族の分家だが、その数だって非常に多い。

一つ一つを覚えていられないし、覚えたところですぐに消える可能性もある。こうしている間にも、新しい家が興っては消えていくのがこの世界だ。

だが、俺も名前だけは聞いたことがあるな。

「クラウディアか。名前だけは思い出した」

「女性を当主にする家で、彼女はそこの一人娘さ」

「一人娘か。なら、いずれは公爵様だな」

一人っ子というのはこの世界では非常に危険だ。

何故《なぜ》か？——死んでしまうとアッサリと血が絶えてしまう。

もっとも、両親がいればまた子供を作ればいいだけなのだが、それを考えても一人っ子というのは危険だ。

「なら、この中で二番目くらいに偉いのか？　一番はあいつだよな」

視線が次に向かうのは、ストレートの青い髪をした男がいた。

見るからに貴公子という感じの男子の名前はウォーレス。

帝国の第百二十皇子だ。——こっちは逆に兄弟が多すぎるパターンだな。

大体、百二十番目って何だ？

皇子は最低でも百二十人はいることになる。

どう考えてもそんなにいらない。

ただ、こんな金も権力も持っている生徒たちの集まる学舎に入り込めたのは、素直に喜ぶとしよう。

それより、もう天城《あまぎ》に会いたくなってきた。

いきなりのホームシックに、自分でも少し驚いてしまった。

◇　◆　◇　◆　◇

幼年学校の第二校舎。

ここは正しくない意味で特別待遇を受ける生徒たちのための校舎だ。

他の校舎から離れており、隔離されているような場所でもある。

そんな第二校舎の近くにある学生寮では、新入生たちの歓迎会が開かれていた。

「いいぞ、もっと踊れ！」

「酒だ。酒を持ってこい！」

「ぎゃははは！」

その歓迎会は学《まな》び舎《や》で開かれているとは思えないものだった。娼婦《しょうふ》たちを呼び踊らせ、実家から連れてきた使用人たちに生徒が世話をされている。

テーブルに並ぶのは、豪華な料理と酒の数々だ。

新入生たちと共に在校生も飲み食いして、馬鹿騒ぎをしていた。

その中心人物は、幼年学校の第二校舎を実質的に取り仕切る三年生だ。

名前は【デリック・セラ・バークリー】。

茶髪で制服にはチャラチャラした派手な装飾を付け足していた。

肌の色は不健康そうながらも、体つきは教育カプセルなどを使用して細いがしっかりしている。

そんなデリックは、酒を浴びるように飲み騒いでいる。

「おい、新入生共。俺に従えばいい思いをさせてやるぞ」

デリックはリアムと同じで爵位持ちの当主だ。

辺境領主の男爵である。

本来なら貧乏そうな立場にあるはずだが、金回りは非常によかった。

何しろ、デリックはあのバークリーファミリーの一員だ。

リアムと同じ爵位持ちの生徒だが、海賊狩りのリアムとは逆に海賊貴族と呼ばれるファミリーの幹部だった。

「デリックさん、最高！」

「一生付いていきます！」

「デリックさんに乾杯！」

新入生たちがそう応えると、デリックは気分よく酒を飲む。

「それにしても、貧乏人共は憐《あわ》れだな。第二校舎に来ることも出来ず、真面目に幼年学校でお勉強をするんだからよ」

幼年学校で勉強をすることを馬鹿にした発言だった。

第二校舎には、デリックのように多額の寄付金を用意して特別待遇を受ける生徒たちが押し込められている。

無理矢理他の生徒と一緒にすると、揉《も》め事《ごと》を起こすから離されていた。

帝国が頭を抱えている問題の一つである。

デリックの取り巻きの一人が、新入生について報告してくる。

「デリックさん、今年はリアムが入学したそうですよ」

「あ？　誰だよ？」

リアムを知らないと言うデリックに、取り巻きが驚く。

「リアムですよ。知らないんですか？」

取り巻きのその言葉が気に障ったデリックは、酒瓶を持って取り巻きの頭部にちゅうちょなく振り下ろした。

酒瓶が割れ、酒や血が周囲に飛び散った。

「てめぇ、誰に向かってそんな偉そうな口を利いているんだ！　おい、こいつをボコボコにしろ。次の遊びのターゲットはこいつだ」

デリックは、遊びと称していじめを行っていた。

ターゲットにされた生徒は、泣きながらデリックの脚にすがりつく。

「す、すみません、デリックさん！　許してください！」

「うるせぇ！」

生徒を蹴ると、デリックは興奮したままソファーに座る。

生徒が連れて行かれると、周囲は一気に静かになった。

使用人たちが割れた酒瓶などの片付けをはじめる中、デリックは不満そうにしながらも

「白けちまった。おい、誰かそのリアムについて話せよ」

リアムについて情報を求める。

「は、はい！」

説明する生徒の声は震えていた。

「バンフィールド伯爵であるリアムです。名のある海賊を次々に討ち取って、二つ名が海賊狩りになっています」

デリックは片眉を上げ、不満な表情を見せる。

「海賊狩りだ？　そいつはアレか？　俺の敵か？」

海賊貴族と呼ばれるバークリー家出身のデリックにしてみれば、海賊狩りで名を上げているリアムは敵でしかなかった。

他の生徒がデリックの機嫌を取る。

「そ、そんな！　デリックさんの敵じゃありませんよ」

デリックはあからさまなご機嫌取りを聞くと、気分よく笑い出す。

「だよな！　田舎貴族が調子に乗っているだけだろうよ」

そしてデリックは思い出す。

「そう言えば、今年は殿下も入学していたな」

「はい！　ウォーレス殿下が入学されました！」

デリックはニヤリと笑う。

（そいつを俺の前にひざまずかせたら、きっと楽しいだろうな）

皇族に対しての不敬な考えを持つデリックは、今年の新入生たちは遊び甲斐《がい》があると考えるのだった。

◇　◆　◇　◆　◇

第一校舎の教室。

入学式が終わり、今は学校説明を行うホームルームの時間である。

「今日から貴様らの担任になるジョンだ！　ジョン先生と呼べ！」

教壇に立つのは、まるで鬼教官とでも呼んだ方がいい厳《いか》つい顔をしたジョン先生だ。

俺の担任は、特別待遇を受けるクラスに不向きな人物ではないか？

そう疑っていると、早速一人の生徒に鋭い視線を向ける。

「おい、そこの貴様！」

「私ですか？」

青髪の男――ウォーレスは優雅に立ち上がる。

よく見るとピアスのようなアクセサリーをしていた。

「その耳に着けている飾りは何だ？」

「これですか？　入学前に学外の街で買ったんです。似合うでしょう？」

馬鹿丸出しの回答をする奴《やつ》だった。

バンフィールド家の侍女長であるセリーナが、ウォーレスには気を付けるように言っていたが――どうやら問題児のようだ。

「ウォーレス生徒、ここは貴族として基礎を学ぶ場だ。そのようなアクセサリーが必要だと本気で考えているのかな？」

「え？」

皇子であろうとルール違反は許さないと示すジョン先生だが、俺は一つ気になった。ピアスで叱るなら、どうしてもっと叱った方がいい生徒を無視するのだろうか？

竜巻ヘアーをしている男子生徒のトムなど、すぐに丸刈りにするべき頭だ。

トム、お前はその髪型は正気なのか？

しかし、ジョン先生はそちらにはまったく注意をしなかった。

――もしや、金の力か？

侍女長も、皇子も百二十人目くらいになってくると、価値としては微妙と言っていたからな。

皇子様に皇女様も何百人もいるから、もうありがたみがなくなってくる。

「ウォーレス生徒、腕立て伏せ百回だ」

「ま、待ってくれ！　たかがアクセサリーだろ！　それに私は皇子だぞ！」

「知っている。君は帝国の皇子だ。同時に、皇族として相応《ふさわ》しい振る舞いが求められているのを理解するべきだな。さぁ、腕立て伏せ百回だ！」

軍隊式の教育か？

しかし、ジョン先生はトムの髪型を見ても何も言わない。

きっと、トムの実家が金を積んだのだろう。――やっぱりお金って偉大だな。

「こんなの間違っている！」

文句を言いながら腕立て伏せをするウォーレスに、ジョン先生は冷たかった。

「間違っているのは君の方だ。幼年学校を何だと思っている？　さて、ホームルームの続きだ。最初に、君たちに言っておくことがある。ここは君たちの家ではない。学生寮は共同生活だ。そして、全ては自分でやってもらう」

周囲が嫌そうな顔をしているが――全自動洗濯機があるような世界だ。

前世のとは比べものにならない性能で、洗濯物を入れておけば洗濯から乾燥、そしてアイロン掛けまでしてくれる。

入れてしまえば、数分後に取り出して終わりだ。

そんな状態で何でも一人でやりなさいと言われても、厳しくもなんともない。

「ここでは甘えなど許さない。君たちに求めるのは、帝国の次代を担うに相応しい貴族になってもらうことだ」

この程度で立派な貴族になれるわけがない。

幼年学校もこの程度か。

「ホームルームでは、ここでの基本的な生活を教える。不規則な生活はここでは許されない。覚悟しておくことだ」

規則正しい生活をしましょうって――小学生か？

だが、ここにいる連中には、ちょっと難しいかもしれないな。

「まずは――」

この後も俺はジョン先生の説明を聞いていたが、別の意味で驚くことになった。

◇　◆　◇　◆　◇

ウォーレス・ノーア・アルバレイトは帝国の皇子だ。

だが、何百人もいる皇子の一人でしかなかった。

学生寮に戻ってきたウォーレスは、初日から色々と疲れてベッドに倒れ込む。

「どいつもこいつも、私を馬鹿にして」

ウォーレスくらいのその他大勢扱いを受ける皇子になると、後ろ盾など存在しない。

母親が大貴族であるとか、継承権が一桁台の皇子ならまだ可能性がある。

三十番台までなら、何とか後ろ盾も付く。

しかし、それより先の皇族になれば扱いが雑である。

ウォーレス自身、皇子としての自覚などあまりない。

何しろ、父である皇帝陛下には数回しか会ったことがない。

後宮での暮らしも、その他大勢の一人として扱われてきた。

「そ、それにしても、幼年学校は思っていた以上にハードな場所だな。くじけそうだ」

ウォーレスも教育は受けてきたが、それにしても幼年学校は厳しかった。

入学初日からジョン先生に目を付けられたウォーレスは、その後も幾度となく叱られては腕立て伏せをさせられた。

「朝は六時起きとかおかしいだろ」

起きれば七時までに身支度を整えて登校だ。

朝から晩まで予定が詰まっており、戻ってくればヘトヘトだ。

何よりも、武芸の鍛錬がきつい。

帝国式の基本的な武芸を学ぶのだが、アーレン剣術を学んでいるウォーレスにも内容は厳しいものだった。

「こんな環境で私は、目的を達成できるのか?」

ウォーレスには夢がある。それを叶《かな》えるためにも――

「くじけたら駄目だ。私はここで絶対にナンパを成功させてみせる!」

――まずはナンパをする。

冗談ではなく、ウォーレスは真剣にナンパするつもりだった。

それがウォーレスの夢に近付く一番の方法だから。

◇　◆　◇　◆　◇

幼年学校での日々が三ヶ月を過ぎた頃だ。

俺は気が付いてしまった。――なんだ、この環境は？

学生寮の自室で、あまりの環境に考え込んでしまった。

「幼年学校って楽過ぎ。これなら寄付金とかいらなかったな。いや、ジョン先生のターゲットにならないためにも必要だったか？」

とにかく厳しいジョン先生だが、俺には一度も注意をしてこなかった。

だが、それ以外は他の生徒と同じ扱いだ。

朝起きて、軽く運動して、仕事もせずに勉強して、武芸を学んで帰って寝るだけ。

周囲はそれでも文句を言っていたが、楽過ぎて不安になってくる。

そもそも、授業も簡単だ。事前に知識を教育カプセルで得ているからな。

強化した肉体には、生半可なトレーニングなど準備運動にしかならない。

あまりにも予想外すぎた。

もっと厳しいと思っていたのに、温《ぬる》すぎて不安になってくる。

レーゼル家での修行時代を思い出してしまった。

「嘘《うそ》だろ。簡単すぎて、逆にこれでいいのかと悩むとは思わなかったぞ」

悪徳領主を目指す俺にとって、体を鍛えるのは重要なことだった。

世の中、暴力など無意味。――これは嘘だ。

確かに一個人の暴力など、この世界では無価値に等しい。

だが、前世で暴力がいかに重要かを俺は学んだ。

悪い奴らが暴力を振るい、善人が怯《おび》える。

暴力も力だ。

そんな暴力を得るために鍛えてきたのに、こんなぬるま湯のような環境では俺の実力が錆《さ》び付いてしまう。

「駄目だ。それは駄目だ。というか、さすがに三ヶ月もすれば本格的な訓練がはじまると思ったのに、その気配すらないぞ」

最初は周囲の連中がなれてくるのを待っているのかと思ったが、三ヶ月も過ぎたのに内容はあまり変わらない。

準備運動に毛の生えた程度の内容で、これでいいのかと不安になってくる。

そんな不安を抱える俺に、実家から連絡が入る。

相手はブライアンだ。――なんだ、天城《あまぎ》じゃないのか。

ベッドに横になり通信を受けると、ブライアンが泣いていた。

『リアム様、定期的にご連絡して欲しいとあれほどお伝えしたではありませんか！』

こいつ、過保護すぎないか？

幼年学校は設備が充実しており、必要有りと認められれば個室に通信設備の設置が認められている。

俺は伯爵家の当主だから、その通信設備の設置が認められた。

だから、実家にいるブライアンともこうして連絡を取り合える。

「一日連絡を忘れたくらいで泣くな。何か問題があったのか？」

『いえ、こちらは順調でございます。それよりも、リアム様が心配で、心配で』

ブライアンの中では、俺は幼年学校ですら不安になる評価なのか？

「こっちは問題ない」

『それはよかった。あ、それから、セリーナが心配しておりましたぞ。ウォーレス殿下とのご関係はどうですか？』

「ウォーレスか？　まぁ、仲良くやっているよ」

『え？　な、仲良くですと!?』

ブライアンが啞然《あぜん》としていた。

「適度な距離感だ。挨拶くらいするだろ？」

『それを聞いて安心しましたぞ』

ウォーレスという男は、背景が色々と面倒である。そのため周囲は距離を置いていた。

あいつの場合、性格にも問題があるのも原因だけどな。

ブライアンは俺の様子をうかがいながら、話題を変えてくる。

『それでその――リアム様？』

「何だ？」

『気になる異性はおられませんか？』

「異性？　別に？」

『そ、そうですか』

気になる女子がいないと言うと、ブライアンは残念そうに肩を落とした。

俺が女を囲わないために、天城もブライアンも何かあればすぐに気になる女性はいないかと尋ねてくる。

そんな奴はいな――待てよ。

「いや、一人いたな」

『ど、どなたですか!?　もしも条件がよければ、すぐにでも相手の家にご挨拶を！』

「気が早いにも程があるだろ。ちょっと面白い奴がいるんだよ」

ロゼッタ。公爵令嬢のロゼッタだ。

◇　◆　◇　◆　◇

次の日。

俺は教室で人を寄せ付けない雰囲気を出している女子に近付いた。

公爵令嬢のロゼッタは、下々の者とは関わりたくない威圧感のあるオーラを出している。

教室にいる間は厳しい表情を見せているし、話しかければ露骨に警戒した態度で接してくる。

教室内は休憩時間で、周囲は仲の良い生徒同士で話をしていた。

そんな中で、俺はロゼッタに話しかける。

「よう、ロゼッタ」

「――何かご用かしら？」

こちらを横目でチラリと見たロゼッタは、すぐに視線を周囲に投影された映像に戻す。

短い休憩時間も、勉強に充てていた。

俺と話すよりも、勉強をしている方が有意義ということか？

「少し話がしたかったんだよ。昼食に付き合えよ」

「お断りするわ」

昼飯に誘ったら即答で拒否されてしまった。

俺がたじろぐと、様子を見ていたクラスメイトたちがクスクスと笑っている。

少し睨《にら》んでやれば、そそくさと逃げ散っていく。

「そう言うなよ。仲良くやろうぜ」

公爵令嬢だろうと、ロゼッタの実家は俺の実家より格上だ。実際にどれだけの力を持っているか知らないが、爵位の差はどうにもならない。

下手に出て様子を見れば、ロゼッタが不愉快そうな顔を俺に向けてくる。

「私は忙しいの。昼食も一人で過ごしたいわ」

「——そうかい」

この女、どうやら俺のことを嫌っているらしい。

俺は自分を少しは名の知れた有名人だと思っている。実際に、教室内で俺の噂《うわさ》をしている奴《やつ》らは多かった。

校舎内でも同じだ。先輩たちがわざわざ俺を見に来ることもある。

ロゼッタが俺のことを知らない可能性もあるが、もしかすると——こいつは悪人である俺を嫌っているのだろうか？

どう見ても嫌われてしまっている。

◇　◆　◇　◆　◇

その日の昼食は学生食堂を利用していた。

一年生たちも幼年学校での生活に慣れはじめる頃だ。

食堂では仲の良いグループがお喋《しゃべ》りをしている。

俺は悪徳領主仲間であるクルトとエイラの三人で、テーブルを囲んでいた。

「ブライアンの奴が連絡をしろと五月蠅《うるさ》いんだ」

「実家の執事だよね？　連絡くらいちゃんとしてあげなよ」

真面目に注意してくるクルトに対して、エイラはプリンを食べながら答える。

「過保護をうっとうしく思う時は誰にでもあるよね。私も婆《ばあ》やにはいつも叱られるから嫌になるよ」

エイラの意見にまったく同意だ。

「お前も大変だな。それはそうと、今更話すことなんかないんだよ。ここでの生活なんて、代わり映えのしないつまらない日常だぞ。精々、学生寮から抜け道を探すのに成功したとか、そんな話しか出来ない」

「リアム君、もう抜け道なんて見つけたの？　後で私にも教えてよね」

幼年学校は休日以外の外出を基本的に許可しない。

休日以外も遊ぼうと思えば、どうしても抜け道を探す必要があった。だが、幼年学校は高い壁に囲まれているため、抜け道を探すのも一苦労だ。門番に賄賂を渡せば解決するが、暇すぎてやることがないので抜け道を探して遊んでいた。

クルトは、暇潰しで抜け道を探す俺に呆《あき》れている。

「リアムは真面目なのか不真面目なのか分からないよね」

「真面目なお前から見れば不真面目だろうな。お前は真面目すぎるんだよ」

「そ、そうかな？」

真面目すぎると言われて、クルトが悩んでしまう。

この程度で悩むくらい真面目な奴だ。

俺たちの会話を聞いていたエイラは、何が楽しいのか微笑《ほほえ》んでいる。プリンを食べ終えて、今はテーブルに肘をついて手にアゴを乗せていた。

「何か面白いか？」

「いや～、二人が揃《そろ》ったのを見ていると修行時代を思い出してね。懐かしくなって、色々と思い出しちゃった」

レーゼル家で修行した日々を思い出したのだろう。

クルトも思い出話をする。

「懐かしいよね。あの時は僕とリアムが――」

「うん！　最初の頃は二人とも険悪だったけど――」

思い出話に花を咲かせる二人を放置して、俺は食事に戻る。学生食堂のメニューは、基本的に人気がない。栄養を考えられた食事が大半だが、別にまずいわけじゃないし、俺は満足している。

毎日豪華な食事というのも、それはそれで苦痛だからな。

だが、舌の肥えた貴族である生徒たちには不満らしい。

食事をしていると、他のテーブルから騒がしい声が聞こえてきた。

エイラが騒がしさに話を中断されると、そちらを見て目を細める。

「またウォーレスだよ」

相手はウォーレスだが、もう殿下とつけて呼ばなくなっていた。

エイラは不快感を丸出しにしているが、それは他の生徒たちも同じだ。

ウォーレスを見れば、今日もいつもと同じ行動をしている。

「そこの子猫ちゃんたち、一緒に食事をしない？」

食事の載ったトレーをテーブルに置いて、強引に席を確保したウォーレスに女子たちが引きつった笑みを浮かべていた。

空気を読まずに、ウォーレスは話を勝手に進める。

「ところで、ここに婿養子を探している家はないかな？　もしくは、娘婿を独立させてくれるくらいの財力のある家を持つ人は？」

露骨な婿入り狙いに、女子たちは視線をさまよわせている。

「わ、私は次女なので」

「うちは兄が跡取りですから」

「お、弟が生まれる予定です」

おい、三人目の女子。それはつまり、現時点では跡取りの男子がいないという意味じゃないか？　本当にその予定はあるのか？

だが、ウォーレスはその言い訳に納得してしまう。

「そ、そうか。それは残念だ。む！　君たち、失礼するよ」

急に立ち上がったウォーレスは、新しく発見した女子に声をかけていた。

「そこの君！　婿養子はいかがかな？　今ならこの私が立候補するよ！」

ウォーレスを見ていると、とても皇子様には見えなかった。

「あいつが皇子様とか間違っているよな」

皇子のイメージを破壊してくれるウォーレスは、とにかくナンパを続けていた。

第一校舎では同級生だけでなく、先輩たちにも手当たり次第に女子に声をかけていた。

エイラも以前にナンパされていたが、婿は取れないと言うと「あ、そう」とあっさり興味を失われていた。

「毎日懲りずによくやるよね」

クルトは同情しているのか、一定の理解を示す。

「ウォーレス殿下にも事情があるからね」

たいした事情はなさそうだが、気になって尋ねる。

「あいつに特別な事情があるのか？」

クルトが説明してくれるのは、多すぎる皇族たちの進路についてだ。

「百番台以降の皇子様たちの扱いは悪いらしいよ。上から三十番台くらいまでなら、後ろ盾も付くらしいけどね。それ以外は下手をすると貧乏貴族よりも酷《ひど》い状況になるって聞くね」

「皇子様も大変だな」

「貴族以外の道はないし、何もしなければ役人や軍人になるしかないよ。他の分野で活躍されている方も多いけど、ウォーレス殿下はそっちのタイプじゃないだろうからね」

芸術家とか、とにかく多方面で活躍している皇族は多い。

だが、ウォーレスが選んだ道は独立だった。

エイラはウォーレスの話になると、口調が冷たくなる。

「婿入りして当主になりたいようだけど、あの様子だと頼りないイメージしかないよね」

ウォーレスは帝国に頼れないのだろうか？

「独立なら、帝国に支援させればいいだろうに。それも駄目なのか？」

クルトは成り上がりの貴族なため、この手の事情に詳しくないようだ。

代わりにエイラが答える。

「独立なんてそんなに簡単じゃないからね。後ろ盾がいないと一人じゃ何も出来ないし、ウォーレスには無理でしょ」

帝国の皇子様も大変だというのは理解できた。

ただ、頑張る方法がナンパって――笑ってしまう。

トレーを持ってナンパしまくるウォーレスを見ていると、今日も普段通りに全部失敗に終わっていた。

中には、二度目、三度目と声をかけられた女子もいたようで、段々とウォーレスの扱いが雑になってきている。

肩を落として歩いているウォーレスに、俺は声をかけて話を聞くことにする。

「おい、ウォーレス、こっちに来いよ」

俺がウォーレスの名前を呼ぶと、クルトもエイラも驚いていた。

「リアム！」

「リアム君、声をかけたら駄目だよ！」

俺に声をかけられたウォーレスが、振り返って俺たちを見てかぶりを振った。

「何の用だ？　私に男色の趣味はないぞ」

俺がムッとする中、クルトの奴は少し顔を赤らめていた。

クルトも怒ったようだが、何故《なぜ》か一番エイラが怒っている。

「は？　もういっぺん言ってみろよ？」

ドスの利いた声を出すエイラに、ウォーレスは「ひっ!?」と怯《おび》えるがすぐに咳払《せきばら》いをして平静を装った。

エイラが俺に注意する。

「リアム君は、付き合う人間を選んだ方がいいと思うよ。ウォーレスは駄目だと思うの」

ウォーレスに対して酷くないか？　だが、俺は面白そうなので関わることにした。

「面白そうだからいいだろ。ウォーレス、俺はお前の体に興味なんてないからさっさとこっちに来て座れよ」

ウォーレスが渋々という感じで俺たちのテーブルにやって来ると、エイラが柄の悪い輩《やから》のような態度で睨み付けているので少し怯えていた。

「し、失礼な奴だな。リアムは優等生だと思っていたが口が悪いぞ」

　こいつはやっぱり馬鹿だな。

　この俺を優等生だと思っていたらしい。

「ナンパ野郎よりマシだろ」

「ぐっ！」

　お前よりマシだと伝えると、ウォーレスが眉間に皺《しわ》を寄せる。言い返さないところを見ると自分でも思うところがあるのだろう。

「う、五月蝿いな。これも将来のため、恥を忍んで頑張っているんだぞ」

「恥を忍んで？　楽しそうに見えるが？」

　ナンパしているウォーレスだが、誰が見ても楽しそうに女子に声をかけていた。

　その理由を本人が話す。

「今まで住んでいた後宮だと、女子との会話なんて滅多に出来なかったからな。近くにいるのは母の侍女か父の女で、後はみんな血の繋《つな》がった姉や妹だ」

　クルトがその話に疑問を抱いたようだ。

「え？　侍女の人たちは女性だよね？」

　ウォーレスは力なく首を横に振る。

「彼女たちの主人は母たちであって私じゃない。それに、私が彼女たちに手を出すなんて母が許さなかった。あと、後宮内にいる女は侍女だろうと信用できない」

エイラがそれを聞いてほくそ笑む。

「女性のドロドロした部分を見ても、女好きになれるウォーレス君凄《すご》～い」

「君は私が嫌いか!?」

「うん」

ウォーレスは女性に何か嫌な思い出があるようだ。生身の女ってやっぱり駄目だな。

天城《あまぎ》が一番だ。

「ウォーレス、お前はそんなに独立したいのか？」

俺が問うと、ウォーレスは「当たり前だ！」と叫んだ。

周囲の視線が集まるも、騒いでいたのがウォーレスだと分かるとすぐに興味をなくしていた。

そんな俺たちの横を、ロゼッタが通り過ぎる。

相変わらず高貴な女という雰囲気を振りまいているいけ好かない女子だ。

ただ、ウォーレスはそんなロゼッタに見向きもしない。

「ロゼッタには声をかけないのか？」

そんな俺の疑問にウォーレスは、さも当然のように答える。

「あの女では私を養えない」

何でこいつは、自信満々に恥ずかしい台詞《せりふ》を言えるんだ？

「そもそも、私の希望は独立というか、一人前として生きていくことだ」

「一人前？」

ウォーレスは独立して一人前の男になりたいらしい。

「宮廷貴族でも、領主貴族でも構わない。自分の力で生きていくだけの力が欲しい。君たちには分からないだろうが、皇子という立場は何をするにも不自由なのさ」

クルトがウォーレスの意見を聞いて、素直な気持ちを述べてしまう。

「人に頼っている時点で、独り立ちにはほど遠いと思うよ」

「うぐっ!?　わ、分かっている！　だが、それしか方法がない。このまま役人になろうが、軍人になろうが、待っているのは飼い殺しの人生だ。――そんなのは嫌だ」

クルトがウォーレスの話を聞いて、少し同情しているようだ。

「殿下も色々と大変ですね」

「そうだよ。だから、いっそ君が私のパトロンにならないか？」

「そ、それはちょっと」

「何故だ!?」

利用価値のない皇子様のパトロンになるほど、クルトは甘い奴《やつ》ではない。

だが、ウォーレスは実に面白い皇子様だと俺は思う。

独立のためにあがいている姿が面白いし、何よりも俺が気に入った。

ウォーレスにもっと現実的な独立を目指さないのか聞く。

「小領主や小役人の家に婿入りしないのか？」

ウォーレスもそれは考えたそうだが、どうやら無理らしい。

「私自身はそれでもいいが、これでも皇子だ。宮殿が認めない。婿入りするにも決まりがあって、男爵家以上、もしくは五位の階位以上を持つ家が前提だ。小領主になるためには、自ら開拓に乗り出すしかない。だが、それは宮殿が認めてくれない」

選択肢が随分と少ない中で、こいつもあがいている。

実に面白いじゃないか。

「そうか。なら、この俺がお前のパトロンになってやるよ」

俺の発言にクルトとエイラの二人が席を立った。

「リアム君駄目！　それは駄目だ！」

「リアム、パトロンになっても何の利益もないんだよ！」

クルトは俺を止めようとするし、エイラはいかにウォーレスが俺の利益にならないかを説いてくる。

だが、俺はウォーレスの面倒を見るつもりだ。

「バンフィールド伯爵家がお前を支援してやる。辺境でいいなら、独立のために手を貸してやろうじゃないか」

唖然《あぜん》としていたウォーレスだったが、立ち上がって制服や姿勢を正して――。

「今日からお世話になります！」

――深々とお辞儀をしてきた。

この滑稽さが実に面白い。

「リアム、こんなことを簡単に考えたら駄目だ。ウォーレス殿下の後ろ盾になるなんて、簡単なことじゃないんだよ」

クルトが俺を説得してくるが、一度口にした言葉を取り下げるわけにはいかない。

「ウォーレスを養ってもメリットなんてないんだよ。むしろ、デメリットの方が大きいって！　ね、今からでも撤回しようよ！」

エイラの方はウォーレスに価値がないとこれでもかと言ってくる。

ウォーレスが頬を引きつらせていた。

「お嬢さん、さっきから酷くないか？」

俺は別にウォーレスに同情したわけでも、努力している姿に感動したわけでもない。

あがいている姿が面白いから、側《そば》に置いて見ていたいだけだ。

何よりも――帝国の皇子が俺の子分になると思えば、悪い話じゃない。

実に気分のいい話ではないか。

「俺は伯爵家の当主だ。俺の言葉がバンフィールド家の決定だ。何の問題もないし、覆すつもりもない」

「だ、だけど」

「リアム君の意地っ張り」

クルトもエイラも、俺の行動が理解できないらしい。

それはそうだろう。

皇子様を子分にしたい俺の気持ちなど、不敬すぎて理解できるはずもない。

心配そうに様子を見守っているウォーレスに声をかけてやる。

「約束は守る。お前の独立を支援してやるよ」

「あぁ、頼む！　独立できるならどこでもいい！　一国一城の主《あるじ》。いや、小さな家でもいい。自分の力で生きていきたい」

簡単なことではないか。

「任せておけ。修行が終わるまでには、それなりの領地を用意してやる」

クルトは呆《あき》れて右手で顔を押さえていた。

「リアム、これからどうなっても知らないよ」

エイラは両手で顔を隠している。

「あり得ない。リアム君がウォーレスとなんて――そんなの絶対に嫌」

二人とも心配しすぎである。

皇子様一人の独立を手伝うくらい、どうということはない。

◇　◆　◇　◆　◇

帝国の首都星。

宮殿で政務に励んでいた宰相のもとに、幼年学校にいるウォーレスの話が届いた。

部下が淡々と報告をしている。

「ウォーレス殿下の後見人にバンフィールド伯爵が名乗りを上げました」

「何だと？」

手を止める宰相は、部下が何を言っているのか最初は理解できなかった。

「ウォーレス殿下のパトロンになる、と伯爵が公言したそうです。ウォーレス殿下はすぐに手続きに入っております」

皇族の地位を放棄。つまり、皇位継承権を捨てる手続きに入っていた。

今後リアムには、ウォーレスの独立を支援する義務が発生する。

だが、ウォーレスのパトロンになったところで、リアムには何のメリットもない。

ウォーレスではリアムに恩を返すのはほとんど不可能である。

「伯爵も酔狂だな」

「これで皇子の一人が、無事に独立できることになりますね」

「伯爵なら問題あるまい。放っておいても、将来的に何の問題もないというのにな。いや、もしや狙っていたのか？」

宰相が深読みをはじめた。

これも神童、麒麟《きりん》児《じ》などと呼ばれているリアムを過大評価した結果だ。

（伯爵本人はともかく、バンフィールド家の信用はかなり低い。これを機に、帝国に貢献していると見せるためか？）

そのために、毒にも薬にもならないウォーレスの支援をしたのではないか？

それならリアムにもメリットがあると、宰相は考えるのだった。

（二代続いた汚名をそそぐのは容易ではないが、これで多少は貴族社会での信用も得られるか）

ウォーレスが無事に独立できれば、バンフィールド家は貴族社会でより信用されるようになる。

それを見越してのことだと、宰相は納得した。

「今日から私は皇子ではない。ただのウォーレスだ！」

わざわざ俺の部屋に来て大声で宣言するのは、めでたく俺の子分になったウォーレスだ。クルトも訪ねてきて、男三人が狭い部屋で暇を潰している。

「お前は元気がいいな」

「リアムのおかげで無事に皇子の地位から逃げられたからな。感謝してもし切れないよ」

まるで皇子という立場が嫌で仕方がなかったような口振りだ。

「皇子の方が色々と便利そうだけどな」

そんな俺の言葉に、ウォーレスが呆れる。

「リアム、君は何も理解できていない。皇子という立場は非常に危険なんだ。皇帝になるために兄弟を平気で蹴落とすのが普通の世界だ。皇族の血で血を洗うような歴史は、それはとてもおぞましいものだよ」

その話に、クルトはゴシップ記事で聞いたような話をする。

「噂《うわさ》では色々と聞くね。皇帝陛下の即位で、ご兄弟が随分と減るという噂もある。都市伝説なんかだと、物騒な噂も多いからね」

ウォーレスが神妙な顔で声を潜める。

「あまり他言するなよ。噂のほとんどが真実だ。父上もそうだが、ライバルは即位前に全て死んでいたらしい。式典に参加していたのは影武者や立体映像だったそうだ」

クルトは真実を知って顔を青くしていた。

前世でもそういった話は聞いたな。

親兄弟が争う。そんなの、珍しい話ではない。

巨大な利益が絡めば、肉親だろうと血で血を洗う戦いをするのが世の中だ。

ウォーレスは本当に安堵《あんど》した表情をしている。

「とにかく、これで私は無事に後継者レースからリタイアだ」

清々《すがすが》しい表情をしているが、ウォーレスが後継者争いに絡めたとは思えない俺は小さく溜息《ためいき》を吐《つ》く。

「お前の皇位継承権なんて、あってないようなものだろう？　最初から参加しているかも怪しいじゃないか」

「それは違う。宮殿内は色々と事情が複雑なんだ。私たちだけではなく、母上同士の繋《つな》がりもあるからね。知らない内に派閥の一員にされ、トップが負けると派閥全員が処刑——なんてこともあり得るのさ」

「本当か？」

「事実だよ。後宮内は、庶民が思うような華やかな場所ではない。女同士の醜い争いにはじまり、皇帝の地位を狙って兄弟が争う場所さ」

知らない間に死亡フラグが立っている。むしろ、死亡フラグだらけなのが宮殿のようだ。

皇子様たちも大変だな。

その争いが特に酷《ひど》かった時代があるらしい。

「二千年前は特に酷かったと聞いているね。私でもドン引きするような話が沢山あるんだ。今でも色々と問題を引きずっているからね。そんな場所から逃げられたと思えば、幸せだと思わないか？」

あまりに酷すぎて、その爪痕は未《いま》だに残っているそうだ。

ウォーレスは全てから解放されたように幸せそうな顔をしていた。

「これで私は生きていられる。ありがとう、リアム」

「感謝しろよ」

「もちろんさ！」

色々と話が聞けて面白いが、気になることもある。

「ウォーレス、お前は自分から動いて勝ちそうな兄貴に媚《こび》を売るとかしないのか？　勝ち馬に乗れば、独立だって出来ただろうに？」

次期皇帝の有力候補くらいいるはずだ。

宮殿で暮らしていたなら、勝ち馬が誰かくらい予想できないのだろうか？

ウォーレスは勝ち馬に乗るつもりがないらしい。そもそも、勝ち馬など存在しないようだ。

「絶対に次の皇帝陛下だと思われていた人物が、亡くなったケースは多い。その場合、媚を売っていた兄弟はどうなると思う？」

「処刑か？」

「簡単に死ねるなら楽な方だ。ねちっこい奴《やつ》が皇帝になったら大変だ。クラウディア家のロゼッタもその被害者だよ」

ウォーレスの口からロゼッタの名前が出るのが意外だった。

俺を嫌い、冷たい態度を見せたロゼッタの姿が思い浮かんだ。あいつは今も、周囲との間に壁を作って孤高を貫いている。

「ロゼッタが？」

俺が首をかしげると、クルトもあまり詳しくないようだ。

俺たちが首を横に振ると、ウォーレスがロゼッタについて話してくれた。

「昔、クラウディア公爵家に婿入りした皇子がいた」

そこからはじまるのは、二千年も前に起きたクラウディア家の没落だった。

◇　◆　◇　◆　◇

第一校舎の女子トイレ。

ロゼッタは鏡に映る自分の顔を見ながら、自らに言い聞かせる。

「わたくしは由緒あるクラウディア家の娘。いつか、必ずこの苦しみから抜け出して見せますわ」

女性当主が続くクラウディア家は、複雑な事情を持っている公爵家だ。

簡単に説明するならば、名ばかりの公爵家である。

領主貴族であり、辺境惑星を領地として持っている。

本来なら小領主に分類されるのだが、帝国はクラウディア家をあくまでも公爵家として扱っていた。

それも、二千年以上も続いている。

こうなってしまった原因は、二千年前にあった。

当時、帝国は後継者争いの泥沼化で随分と荒れていた。

本来であれば次の皇帝に即位するはずだった皇太子が、即位前に亡くなってしまった。

その皇太子を支援していたクラウディア家は、皇太子の同腹の弟を婿に迎え入れていた。

それなのに、即位したのは敵対していた皇子だ。

そこからはじまったのは、敵対していた皇子や皇女、そして貴族たちへの皇帝の復讐《ふくしゅう》だった。

当然ながら、婿入りして公爵になった元皇子にも厳しい罰が下された。

それに巻き込まれる形で、クラウディア家の没落がはじまる。

豊かな領地は召し上げられ、代わりに与えられたのは荒廃した惑星だった。

生きていくのも辛《つら》い環境の惑星では、税など期待できない。

実入りから考えれば小領主になるしかない。

だが、爵位だけは公爵のまま。

自分に逆らった者がこうなると、当時の皇帝が見せしめのために爵位だけはそのままにしてしまった。

貴族でありながら、貴族ではない。

惨めな見せしめにされ、それでもくじけぬように生きてきたのがクラウディア家だ。

歴代の当主たちも、いつかこの苦しみから逃れようと必死にもがいていた。

それはロゼッタも同じである。

「必ずわたくしが、この状況を変えて見せます」

◇　◆　◇　◆　◇

幼年学校の存在意義。

それは、貴族の子弟を一定レベルまで鍛えることにある。

世間知らずな貴族の子弟たちが醜態をさらさぬように、幼年学校で最低限の教育を行う。

ただ、優秀な子弟たちだけは、特別に第一校舎に振り分けられ教育を受ける。

そこでの日々は厳しいものだが、帝国から評価された証《あかし》でもあった。

ロゼッタは、第一校舎に振り分けられたことで期待していた。

しかし、現実は甘くない。

(授業の内容についていけない)

教室で行われる授業だが、何を聞いても理解できなかった。

授業内容にも、授業のスピードにもついていけない。

その理由は、貧乏暮らしで満足な教育を受けられなかったからだ。

他の子弟が贅沢《ぜいたく》に使用できる教育カプセルも、ロゼッタは最低限の使用しか出来なかった。

周囲と比べると、ロゼッタは明らかに劣っていた。

ロゼッタも努力はしてきたが、それだけでは越えられない壁が存在するのを見せつけられたような気分だ。

僅かな時間も無駄にはできないと、数十分の休憩時間も勉強に割いていた。それでも、周囲との差は開いていくばかりだ。

(諦めない。何としてでも食らいついて、私はこの忌まわしい負の連鎖から抜け出すわ)

ここで頑張らなければ、自分や一族に未来がないため必死に食らいつこうとする。

(絶対に出世しなければ)

周囲がのんきに授業を受ける中、ロゼッタだけは必死だった。

それは、学生寮に戻ってからも同じだ。

自室に戻ってきたら、すぐにでもベッドに横になって眠りたいほどにクタクタだった。

周囲が生活に慣れて余裕が見える中で、ロゼッタだけは体に鞭《むち》を打ち机にしがみつくように勉強する。

効率が悪くても、何度も繰り返す。疲れていようと少しでも予習や復習をしなければ、周りに置いていかれる。

「負けない。ここで負けたら、きっとわたくしは娘にもこんな思いをさせる」

涙が止まらなかった。

意識が朦朧《もうろう》として、そのまま机に突っ伏してしまう。

◇　◆　◇　◆　◇

ロゼッタは、懐かしい子供の頃の夢を見ていた。

わざわざ帝国から使者がパーティーの迎えに来た。

幼かったロゼッタは大喜びだったが、祖母は悲しそうな顔をしていた。

母は、ロゼッタを抱きしめて泣いていた。

どうして二人がこんなに悲しんでいるのか、当時のロゼッタには理解できなかった。

「お婆様《ばあさま》、お母様、どうして泣いているのですか？」

何も知らなかった自分に、二人は精一杯の笑顔を向けている。

だが、涙がこぼれていた。

「何でもないのよ、ロゼッタ。そうね、パーティーは楽しみね。出来るだけおめかしをして出席しましょうね」

「はい！」

母は貧しいながらも、ロゼッタのドレスを用意する。

祖母はロゼッタの綺麗《きれい》な髪をセットしてくれた。縦にロールされた髪を見て、自分がお姫様になったような気分になりロゼッタはこの髪型が大好きだった。

「似合っているわよ、ロゼッタ」

祖母に褒められたこの髪型が、ロゼッタはもっと好きになった。

「ありがとうございます、お婆様！」

そんなロゼッタの目一杯のおめかしだが、何の意味もなかった。ロゼッタが首都星のパーティーに参加をすると、待っていたのは本物の貴族たちの嘲笑だった。

あの時の貴族たちの声を夢でも思い出す。

「まぁ、何て汚いドレスなのかしら」

「アレが名ばかりのクラウディア家の新しいピエロね」

「よく首都星に来られたものね。生きているのが恥ずかしくないのかしら？」

予想していたのは楽しいパーティーだったが、参加して分かったのは自分たちが笑われるためにわざわざ呼び出されたという現実だった。

今は亡き皇帝が定めた催し。

自分に逆らった者を定期的に見せしめにする遊びだ。

その風習が二千年近くも続いていた。

クラウディア家の存在意義――それは、ただの見せしめという残酷な真実を子供の頃に叩《たた》き付けられた。

このような行為だが、当時の皇帝が退位しても続いていた。途中で誰かが止めるには、長く続き過ぎてしまった。もう、止めるに止められなかった。

中には哀れみの視線を向けてくる貴族もいた。

しかし、手を貸してはくれなかった。

手を貸せば、今は亡き皇帝陛下の命令に背いたことになる。そのような事をしてまで、クラウディア家を救ってくれる貴族はいなかった。

現実を知ったロゼッタが領地に戻ると、出迎えてくれた母が強く抱きしめてくれた。

「情けを持ってくれた殿方を覚えておきなさい。将来、その方の精をもらって子を生むのです。そうして、クラウディア家は続いてきたのよ」

クラウディア家が女系の理由は、結婚相手が絶対に見つからないためだ。

女系なら、頭を下げて名門の男子から精をもらう。

「ロゼッタ――あなたは美しくなりなさい。そうすれば、男性が興味を持ってくれるわ」

「え？」

「クラウディア家は、そうやって子をなしてきたのよ」

ロゼッタは、この時に自分の父親がいない理由を初めて知った。

そして、クラウディア家が女系の理由も、お金がかからないからだ。

もしも、当主が男であれば、嫁に来てくれる女性がいない。

男性が当主でも金と設備さえあれば子をなせる。

その場合の問題は、設備投資に金がかかるということだ。

クラウディア家にそれだけの余裕はない。

貧乏で金のかかる方法は選択できず、血を繋《つな》ぐ方法としてもっとも簡単だったのが女系という選択だった。

中には、こんな惨めな暮らしを終わらせようとした当主もいた。

しかし――クラウディア家には見張りが用意されていた。

二千年も前の時代に皇帝が用意した、クラウディア家を見張るためだけの組織だ。

クラウディア家を惨めにするためだけに存在する悪意ある組織だ。

そんな組織に見張られていては、こんな惨めな暮らしを終わらせることも出来なかった。

ロゼッタがこの地獄から抜け出すには、出世するしかなかった。

◇　◆　◇　◆　◇

目を覚ますと朝になっていた。

「い、いけない！」

慌てて起きると、既に朝食の時間が過ぎていた。

急いで身支度を整えて校舎へと向かうが、ロゼッタは遅刻してしまう。

乱れた制服にボサボサの髪。

教室に入ると、クラスメイトたちがロゼッタを笑っていた。

ジョン先生がロゼッタを見るが、特に叱ることもなかった。

「遅刻だな、ロゼッタ。さっさと席に着きなさい」

「はい。申し訳ありませんでした」

優しさではない。他の生徒のように期待されていないため、扱いが雑になっている。

普通なら遅刻した生徒を怒鳴るのがジョン先生なのだが、ロゼッタにはあまり関わろうとしなかった。

(私はここでも惨めな見せしめになるのね)

教室のクラスメイトたちの視線は、嘲笑、憐《あわ》れみ、そして興味――とにかく、自分を珍しい動物でも見ているような目をしている。

男子たちの声が聞こえてくる。

「遅刻だってよ。あいつ不良なのか？　何だよ、あの格好」

「せめて、身なりには気を付けて欲しいよね」

「いや、トム。お前が言っても説得力がないぞ。お前はその頭をどうにかしろ」

席に向かうと、女子たちが鼻を摘《つ》まむ。

急いでいたためにシャワーも浴びていなかった。

「酷《ひど》い臭いよね」

「鼻が曲がるわ」

「本当にどんくさい奴《やつ》よね」

クラスの中で自分が一番劣っているのは分かっている。

そして、ロゼッタは優等生であるリアムの側《そば》を通った。

（――バンフィールド）

奥歯を噛《か》みしめる。

リアムは涼しい顔をしてジョン先生を見ていた。

自分など眼中にないのか、ロゼッタの方を見ようともしない。

だが、それも仕方がない。

若くして伯爵として内政手腕を評価され、武に関しても流派の免許皆伝持ち。

何より、海賊狩りのリアムと二つ名まで持っている。

地位も名誉も全てを持つ神童だ。自分とは何もかもが違いすぎる。

ジョン先生も、リアムにだけは怒鳴ることがない。

ロゼッタとは違い、そもそもリアムに怒鳴る理由がない。

勉強はトップクラスの成績だ。

おまけに、実技も全てにおいて優秀。

一番秀でているのは武芸だろう。

二番手のクルトを相手にしても、常に勝っている。

同じクラスの生徒たちも、リアムにだけは絶対に喧嘩《けんか》を売らない。

勝てないと分かっているからだ。

口の悪い連中や、上級生たちですらリアムに逆らおうとはしなかった。

何しろリアムは、実力と権力を持つ男だ。

ロゼッタとは全てが違った。――自分とは違い、全てを持っている人間。

そんなリアムが、ロゼッタは憎くて仕方がなかった。

(どうせ貴方《あなた》は、わたくしなど眼中にないのでしょうね。生まれながらに全てを持っている貴方が憎い。憎くて仕方がないわ)

理不尽な恨みだとは分かっていても、ロゼッタはリアムが羨ましくて恨まずにはいられなかった。

◇　◆　◇　◆　◇

首都星の暗い路地。

そこにいたのは案内人だった。

浮浪者たちがゴミ箱を漁《あさ》っている光景を見ながら、案内人は奥歯を嚙みしめる。

「くそ。どうして私がこんな目に」

今の案内人は彼らと同じだ。

薄汚れて力を失い、フラフラと食べ物を求めてさまよっている。

リアムとの縁が強すぎて、リアムに関連する負の感情しか効率よく吸収できなくなってしまった。

今の案内人は、泥水をすする思いで生き延びていた。

そして今も、遠く離れたリアムの感謝の気持ちが届いて胸が苦しい。

胸を押さえ、ヨロヨロと歩きながら負の感情を集めていく。

だが、吸収効率が悪い。

十を食べても一しか得られない状態だった。

リアムの感謝により発生する痛みを和らげつつ、案内人は負の感情を求めてさまよっている。

惨めさに案内人は恨みを吐露する。

「殺す。必ず殺してやる」

案内人がリアムに復讐《ふくしゅう》を誓う理由は、この縁を絶って苦しみから解放されるためだ。

そのために、効率が悪かろうと今は地道に負の感情を回収している。

すると、案内人の目の前で浮浪者たちが喧嘩をはじめた。

「それは俺が見つけた食べ物だ！」

「うるせぇ！　前に俺の酒を勝手に飲んだお返しだ！」

だが、案内人が彼らの横を通り過ぎると、二人の険しい表情が和らぐ。

「わ、悪かったよ。俺も腹が減っているから、半分でいいか？」

「すまねぇ。俺も謝るよ。この前は、酒を独り占めして悪かった」

互いに謝り食べ物を分け合っていた。

彼らの負の感情を案内人が吸収したためだ。

そんな光景を見て、案内人は虫唾《むしず》が走った。案内人が嫌う光景だが、二人を争わせるための力や余裕がないため放置する。

そして、こんな状況に自分を追い込んだリアムを憎む。

「リアム、今に見ていろよ。必ずお前を不幸のどん底に突き落としてやるからな」

第三話 狂犬マリー

幼年学校に入学して半年が過ぎた。

本来ならば長期休暇で領地に戻るところだが、幼年学校では三年間は領地に戻ることが許されていなかった。

四年生になって初めて領地に戻れるが、その際も理由がなければ許されない。

こうなった原因は、休暇中に実家に戻った際に幼年学校に戻りたくないと駄々をこねる子供が多いからだ。

何と情けない理由だろう。

だが、領地に戻らないならば、許可さえあれば外には出られる。

何ともガバガバな制度だ。

だから、金持ちの子弟が実家から豪華客船を惑星に呼び寄せて、長期休暇中はバカンスを楽しむそうだ。こんなぬるま湯とも言える環境にいると腐ってしまいそうだが、幼年学校にも楽しみはある。

機動騎士を使った試合だ。

「貴族らしい催しだな。少しは楽しめる」

コロシアムのような場所にある観客席から、闘技場を見下ろすと巨大な立体映像の機動騎士たちが武器を持って戦っていた。

これらは現在戦っている生の映像だ。

ライブ中継を大迫力の立体映像で楽しんでいた。

機動騎士が剣を持ち戦っているが、乗っているのは幼年学校の学生たちだ。

三年生以上の生徒たちが、訓練の成果を披露していた。

年に一度、幼年学校では三年生以上を対象に機動騎士による一対一のトーナメントを開催している。これは日頃の成果を示すものだが、参加する者は試合中に死ぬ恐れがある事も納得して参加する必要があった。

時々運悪く死ぬ生徒もいるし、やり過《す》ぎる奴《やつ》もいる。

それでもこのトーナメントを止《や》めない理由は、騎士として立派に育って欲しいからという何とも馬鹿げた話だ。

試合の方は、不利を感じた側が敗北を宣言して試合は終了する。

観客席の一年生たちは、迫力のある試合に歓声を上げていた。

ただ、俺の隣に座る男は絶叫している。

「もっと頑張れよぉぉぉ!!」

俺の子分となったウォーレスが、賭けに負けて頭を抱える。

「全額すってしまった」

トーナメントは賭けの対象になっており、ウォーレスは全財産を失っていた。

こいつはやっぱり馬鹿だな。

ちなみに、こいつの小遣いは毎月俺が渡している。

俺がウォーレスのパトロンだから仕方ないが、何だか釈然としないものがあるな。

近くの席に座っているエイラが、ウォーレスを睨《にら》んでいた。

「さっきから五月蠅《うるさ》いんだけど？　どっか行ってくれない？」

当たりの強いエイラに、ウォーレスは笑って誤魔化す。

「相変わらず君は酷いな。もしかして、私に気があるのか？　好きな子をいじめたくなる心理かな？」

冗談のつもりだったのだろうが、エイラの方は額に青筋を立てて女の子がしてはいけない顔をしていた。

「はぁ？　私が何だって？」

普段は明るく女の子らしいエイラだが、何故《なぜ》かウォーレスの相手をする時だけは別人のようになる。

怯《おび》えるウォーレスが「冗談です」と謝罪をすれば、反対側の隣に座るクルトが小さく溜《ため》息《いき》を吐《つ》いた。

「ウォーレスも懲りないよね。エイラにはウォーレスの冗談が通じないっていい加減気付いたら？　それに、大穴ばかり狙って全財産をかけるなんて馬鹿だよ」

クルトの正論に対して、ウォーレスは反論する。

「それではつまらないだろう？　それに、一つでも勝てば大儲《おおもう》けだったんだ。今日は運が悪かっただけだ」

「それで全財産を失ったけどね」

「それを言うな！　あ～、全額なくなったな～。あと二週間、これだと厳しいな～」

子分が俺をチラチラ見ているが、これ以上のお小遣いを用意する理由にはならない。

無視していると、クルトが次に開始された試合を見ながら話しかけてくる。

「参加している機動騎士は、専用機も多いね」

「中身は量産機の張りぼてだろ。見た目だけにこだわったやつばかりだよ」

機動騎士のトーナメントに参加するには、練習機をレンタルするか自分の専用機で参加するかの二択だ。

大半がレンタルで済ませるが、金持ち連中は自前の機動騎士を持ち込む。

レンタルされた機体と、専用機では後者が圧倒的に有利だ。このようなやり方で公平性が保たれているのか疑問だな。

ウォーレスが、専用機を持つ金持ちたちに嫉妬している。

「専用機の性能で力押しなんて卑怯《ひきょう》だね。皇子である私だって自前の機動騎士は持っていないぞ」

皇子様なのに、専用の機動騎士は用意されていないらしい。

「自前の機動騎士で参加できるなら、俺は専用機を用意するけどな」

ウォーレスは自分の発言も有り、今は何とも言えない表情で俺を見ている。

「リアムも専用機があるのか？」

「あるぞ」

俺とウォーレスが話をしていると、エイラもこの話に食いついてきた。

「リアム君の専用機はアヴィドちゃんだよね？　無茶苦茶強かったよね？」

アヴィドの話になると、クルトも上機嫌で会話に入ってくる。

「専用機は浪漫《ロマン》があるから、僕も憧れるよ。けど、アヴィドは随分と改造しているようだけど、整備とか大変じゃない？」

「そうだな。お、そろそろ試合が終わるぞ」

◇　◆　◇　◆　◇

トーナメントが終了した。

優勝したのは三年生のデリックという辺境の男爵だった。

伯爵家の子弟も参加していたのに、空気を読まずに男爵が優勝する辺り実力主義なのだろうか？

だが、俺にとっても都合がいい。

そんな実力者たちを、圧倒的な力を持つアヴィドでねじ伏せるのは気分がいいからな。

ただ、優勝したデリックはそんなに強いのだろうか？　俺から見ると、どうしても強そうには見えない。

まぁ、幼年学校のレベルなんてこの程度だろう。

そして俺は、トーナメントに参加するため準備をすることにした。

自室で通信機を使って話をする相手は――第七兵器工場のニアスだ。

黒髪を肩に届かない程度で切りそろえ、眼鏡をかけたインテリ美女。

そんなニアスが、俺の依頼を聞いて目を見開いている。

『リアム様、正気ですか？』

「当然だ。俺のアヴィドは整備中だろ？」

『整備は終わって保管中です。ですが、アヴィドの強化など無茶です。これ以上はバランスが崩れてしまいます。一から作る方が簡単ですよ』

「いいからやれよ。金ならいくらでも出すぞ」

会う度に戦艦を買ってくれと五月蠅いニアスだが、俺の提案には難色を示していた。

俺の提案とは、トーナメントに参加するまでにアヴィドの問題点を改善し――更に強化改修することだ。

幼年学校入学前に、アヴィドに不調が見られた。

その解決を依頼したが、ニアスたち第七兵器工場の答えは「パイロットの技量に機体が追いつかない」だ。

だから――いっそもっと強くすればいいという結論に達した。

『お金の問題ではありません。いくら積まれようと、これ以上の改修は不可能です。それこそ、希少金属を大量に用意できるなら可能性はありますけどね』

ニアスの回答は俺にとって予想外だった。

「希少金属？　オリハルコンか？」

オリハルコン――ファンタジー世界定番の金属だが、この世界にも存在している。とても硬い金属だが、希少なため価値が高くて確保するのが難しい。

金さえ出せば解決する問題でもなく、その時の状況によっては手に入らないこともある。そんな希少金属が、何種類も大量に必要になるそうだ。

『オリハルコン、アダマンタイト、ミスリル――その他諸々《もろもろ》が必要になりますね。それに、優秀なスタッフも必要です。長期間の拘束になるでしょうから、費用だって下手な艦隊を揃《そろ》えるよりもかかりますよ』

そもそも希少金属を加工するだけでも、莫大《ばくだい》な資金が必要になる。それだけの資源と資金、そして人材を消費するのなら、艦隊を用意した方が効率的だ。

費用対効果を考えるなら、俺の行動は間違っている。

だが、俺は効率よりも浪漫を求める男だ。

「そうか。希少金属を揃えれば、アヴィドの強化改修は出来るんだな？」

『用意するのはリアム様でも難しいと思いますけどね。もしくは、アヴィドの改修を諦めて、一から新型機を開発する方がいいですよ』

アヴィドを捨てて新型機に乗る？　それはない。

「気に入っているから嫌だ。今の主流の機体は好みじゃない」

俺の依頼を前世風に説明すると、クラシックカーに新車並の性能を求めるという無茶な話だ。

カーナビを載せろ、電気自動車にしろ、色んな機能を付けろ――それをクラシックカーに求めてどうする？　という話である。

いっそ新車を買えよという話だが、これは好みの問題だ。

俺は一切妥協しない。

俺が譲らないため、ニアスが諦めたようだ。

『では、リストを作成しますので、必要な資材と予算がご用意できたらご連絡ください。あと、テストパイロットをご用意していただかないと困りますよ』

「テストパイロット？」

『はい。リアム様の技量と同等。いえ、アヴィドを動かせる優秀なパイロットを送ってください。全てをクリアしたなら、責任を持ってアヴィドの強化改修をお引き受けします』

ニアスの態度は、明らかに「どうせ無理だから素直に新型を買え」というものだ。

こいつ、残念すぎるとは思っていたが、この俺が伯爵だと忘れていないか？

お前じゃなかったら、軍に処分するように命令していたからな！

だが、そこまで言うならやってやろうじゃないか。

お前がそういう態度なら、俺も本気を見せてやろう。

「ニアス、今の言葉に二言は無いな？」

『もちろんです。揃えられたらご連絡ください。まぁ、諦めて素直に新型や戦艦を買ってくれてもいいですけ――』

話の途中だが通信を切った俺は、そのまま実家に連絡を取る。

モニターに出たのは天城《あまぎ》だった。

今日も元気そうで安心する。

「天城、元気にしていたか？」

『昨日も同じ質問をされていましたが？　それよりも何かご用でしょうか、旦那様？』

天城と話していると、ニアスがこの俺を挑発したことも忘れそうになるな。

「とりあえず、今から送るリストの品を早急に確保しろ。〝アレ〟で作った希少金属があるな？　第七兵器工場に送ってやれ。大至急だ」

モニターの向こうで天城がリストを確認すると、無表情ながらも少し驚いたように感じた。本気で用意するのか？　そう問いかけてくる。

『よろしいのですか？』

「もちろんだ。アヴィドのために景気よく送ってやれ」

『ですが、アヴィドの改修にしては、資材の量が異常ですが？』

「ニアスの奴《やつ》、俺にふっかけたな。どうせ用意できないと思ったか？　なら、指定した量を必ず送れ。あいつがどんな顔をするか見たいからな」

『承知しました』

「それから、テストパイロットには奴を送れ」

俺が奴と言うだけで、天城が誰のことか理解する。

以心伝心とはこのことか！

『【マリー・セラ・マリアン】にアヴィドのテストパイロットを任せるのですか？』

「早速働いてもらおうじゃないか」

マリー・セラ・マリアン――俺が石化から救った際に手に入れた女性騎士である。

◇　◆　◇　◆　◇

数ヶ月後。

第七兵器工場に運び込まれた希少金属の山を前に、それを指定したはずのニアスが恐怖に震えていた。

「何で本当に揃えちゃうのよ。そもそも、どうやって揃えたのよ？」

バンフィールド家から届けられた希少金属の山を背に立つのは、薄紫の髪の女性騎士だった。サラサラとしたストレートロングの髪が揺れている。

パンツスタイルで動きやすい格好に、金属色のアームガードやレッグガードをしていた。

紫色の瞳に鋭い目つき。

白く綺麗《きれい》な肌に、瑞々《みずみず》しい紫色の口紅。

身長は高く、スラリとした体形もあって余計に細く見えてくる。

腰の両脇に下げているのは、拳銃に見える武器らしい何かだ。

リアムの新たな騎士候補【マリー・セラ・マリアン】は、落ち着いた声とお淑《しと》やかな口調で挨拶をしてくる。

「アヴィドのテストパイロットに任命されたマリー・マリアンよ。よろしく頼むわね、技術大尉殿」

資料にはミドルネームが記載されているが、本人は帝国の騎士資格を持たないため名前と苗字《みようじ》のみを名乗る。

「え？　いや、あの」

未《いま》だに困惑するニアスを前に、マリーは右手で自分の少し赤くなった頬に触れてウットリとした顔をする。

「これは、リアム様直々の命令なの。何としてでも成功させたいから、貴女《あなた》も協力してほしいわ」

背の高い格好いい女性が、まるで恋する乙女のような顔をしていた。

（というか――誰？）

ニアスはリアムの屋敷に何度も出入りをしているが、マリーなどという騎士は知らなかった。リアムの直々の命令で送られてきた騎士だから優秀なのだろうが、そんな人材がいれば自分が知らないはずはない。

困惑するニアスの後ろにいた職人の一人が、マリーを見ながら考え込んでいる。

腕のいい老齢の職人は、何か思い出しかけていた。

「マリー？　マリー・マリアン？　どこかで聞いた覚えがあるぞ」

しばらく悩んでいたが、結局思い出せなかったようだ。

ニアスは、騎士にしては細身で綺麗すぎるマリーに疑った視線を向ける。

「あ、あの、本当にアシストなしの機体を操縦できるのですか？　今時、アシストなしの機動騎士なんて、操縦できる人は少ないですよね？」

（この女が、本当にアヴィドを操縦できるのかしら？）

そんなニアスの不安を余所《よそ》に、マリーは微笑《ほほえ》んでいた。

「あたくしの時代ではアシスト機能を使う騎士は半人前でしたわよ。リアム様のアヴィドが難しい機体であるのは理解していますが、何の問題もないわね。むしろ、どんなじゃじゃ馬なのか今から楽しみですわ」

頬を染めて「リアム様の乗機を任せていただける。こんなに嬉《うれ》しいことはありませんわね！」と幸せそうに身を捩《よじ》っていた。

（え、何なのよこの人？）

ニアスのマリーへの第一印象は、とりあえず「怪しいお嬢様言葉を使う変な奴」となった。

ただ、用意された資材を前に、ニアスは自分の中の開発者魂に火が付くのを感じた。

(でも、これだけの希少金属を贅沢《ぜいたく》に使える機会はないし、いっそ今までにやりたかったこともやってしまえばいいわね。きっといいデータが取れるわ)

ニアスは、今まで出来なかった実験が出来ると思うと涎《よだれ》が出てくる。

それを拭って、早速アヴィドの強化改修に取りかかることにした。

「それでは、すぐに取りかかりましょう」

欲望に忠実なニアスが、アヴィドの強化改修に取りかかる。

◇　◆　◇　◆　◇

アヴィドのテストパイロットに選ばれたマリーは、あの日のことを思い出す。

それは自分たちの地獄がはじまった日。

(あの日、我々は全員が地獄に叩《たた》き落とされた)

今でも覚えているのは、二千年前に帝国の皇帝となった男の顔だ。

兄弟とそれは激しい宮廷争いを繰り広げ、勝者となったその男は——自分に逆らう者だけではなく、協力者も次々に粛清しはじめた。

争いの中で人が信じられなくなったのか、それとも事実を知る人間全てを消してしまいたくなったのか。

マリーには今更どうでもいい。

どうでもいいが、一つだけハッキリしていることがある。

(二千年も我らの意識をつなぎ止め、石化して封じたあの糞《くそ》外道をあたくしは絶対に許さない。あの男の血を継いだ皇族になど、絶対に膝を屈しはしない)

当時のマリーは、継承権争いに参加してはいなかった。

マリーは当時、帝国でもとても有名な騎士の一人だった。とても有能な三人の騎士の一人として数えられ、帝国に大いに貢献していた。

帝国の三騎士と称《たた》えられる程の実力を持ったマリーは、その知名度と実力から皇族とも付き合いが出来てしまった。

マリーとしてはただの付き合いであり、その忠誠心は帝国に捧《ささ》げられている。

正直、誰が皇帝になろうとも、マリーは騎士として働くつもりだった。

そんなマリーには一人の親友がいた。

親友は貴族の娘でありながら、お転婆でマリーとも親しかった。

そんな友人が継承権争いに巻き込まれてしまった。

(あたくしがあの子の助命を願い、そのためにどれだけ功績を積み上げたことか。あいつのどんな命令にも従い、結果を出してきた。それをあいつは!)

今思い出しても、マリーは腸《はらわた》が煮えくりかえる思いだった。

継承権争いに巻き込まれた親友は没落し、それを見かねてマリーが助けるために行動を起こした。

皇帝が出した条件は、戦場での活躍だった。

マリーは必死に帝国のために勝利を積み上げ、親友を救おうとした。

だが、待っていたのは裏切りだ。

約束を果たして戻ってきたマリーたちを待っていた皇帝は、それまで自分を助けてきた功労者たちと一緒にマリーや部下たちを石化させた。

ご丁寧に意識をつなぎ止める祝福もかけられ、二千年もの長い間を石像として過ごしてきた。

見世物にされ、そして気が付けば誰も訪れることなく千年以上の時が過ぎた。

そんな時にリアムが現れた。

（今でもあの時のお姿は思い出せる）

エリクサーを使って自分たちを助けてくれた。

自分たちを見下ろすリアムに、マリーは両手を伸ばした。

自然と手が伸びて、涙があふれてきたのを覚えている。

照明に照らされたリアムは、神々しく輝いて見えた。

（二千年もの時を超え、こうしてリアム様にお仕えすることになるとは――本当に人生は

面白い。だけれど、あの子を救えなかったことだけは残念ね）
親友を救えなかったマリーは、それだけが心残りだった。

◇　◆　◇　◆　◇

首都星。

帝国の騎士資格を得るために、役人として実務を積むことになったティアが働いていた。

リアムの筆頭騎士であるティアは、今は宰相の下で働いている。

特別待遇を受けているが、それもティアの能力に依《よ》るところが大きい。

優秀な能力が宰相の目に留まり、宮殿内で働いていた。

同期たちからすれば、間違いなく出世コースで羨まれる立場だ。

そんなティアは、資料室でマリー・セラ・マリアンに関するデータを閲覧していた。

極秘資料に指定されているが、それを非合法な手段で手に入れていた。

「マリー・セラ・マリアン。二千年前の帝国騎士か」

マリーの記録は、不自然に抹消されていた。

だが、古い資料には僅かばかりの記録が残っている。

悪趣味な皇帝により、石化されたマリーは当時の帝国でも指折りの騎士だった。

活躍も凄《すさ》まじく、当時の帝国では伝説の三騎士などと呼ばれ、帝国に大いに貢献していたようだ。

有能だったのは確からしいが、ティアは眉間に皺《しわ》を寄せる。

それは、マリーに対する嫉妬だった。

「リアム様の乗機を預けられて、過去の遺物がいい気になっている。本当に度し難いな。何が〝狂犬マリー〟だ。ただの駄犬ではないか」

過去の記録からは、その華々しい活躍と見た目に反した乱暴な戦闘記録から二つ名は狂犬とされていた。

確かに実力のある騎士で、リアムにも認められている。

最初の仕事も、リアムの愛機であるアヴィドのテストパイロットだ。

実力を高く評価され、そして信用されているのだろう。

それがティアには許せなかった。

「貴様はリアム様に相応《ふさわ》しくないな」

ティアの中では、マリーは同僚ではなく敵だった。

それはマリーも同じだろうと、ティアは察している。

互いに実力は認めているが、リアムの筆頭騎士の座を巡って争うライバルでもある。いや、好敵手ならばまだいいが、二人揃《そろ》って相手を排除するべき敵と認識していた。

「誰がリアム様の筆頭騎士に相応しいか、思い知らせてやる」

ティアは、マリーのデータを閉じる。

◇　◆　◇　◆　◇

場所は幼年学校。

ロゼッタは追い詰められていた。

入学して一年が過ぎる頃には、ロゼッタの成績は酷《ひど》いものだった。

最終的な成績は、学年でかなり後ろの方だ。

第一校舎の生徒たちだけで比べれば、ロゼッタは最下位だ。

「あんなに——頑張ったのに。これ以上、どうすればいいのよ」

寝る間も惜しんで頑張ったが、それでも周りに追いつくことすら出来なかった。

端末で確認した成績順は、何度見ても結果は変わらない。

廊下を絶望した顔でフラフラと歩いていると、第一校舎では見かけない生徒たちがこちらに向かって歩いてくる。

五人組の中心にいたのは、バークリー男爵——三年生のデリックだった。

悪い噂《うわさ》ばかりの男子生徒であるため、ロゼッタは関わりたくなかった。

すぐに顔を背け、足早に歩き去ろうとするが腕を掴《つか》まれた。

「おや、どこに行くんだ、貧乏人？」

ロゼッタが掴まれた手を振り解《ほど》こうとするも、デリックの力が強くて逆らえない。

普段から努力して鍛えているロゼッタだが、不真面目だろうと何度も肉体強化を行ってきたデリックには勝てなかった。

これがこの世界の現実だ。

努力も財力の前には無意味である。

「は、放しなさい！」

抵抗するロゼッタに、デリックは意地の悪い顔で楽しんでいた。

「冷たいことを言うなよ、貧乏公爵家のロゼッタちゃん」

ゲラゲラと笑っているデリックの取り巻きたちは、ロゼッタに過去に自分を嘲笑《あざわら》った者たちを思い起こさせる。

そのため、萎縮して身を縮める。

デリックは、ロゼッタを舐《な》め回すように観察する。

「肉体強化を最低限しか受けていないのに、随分とそそる体つきじゃないか。やっぱり、体を売っている貧乏人だけあって、そっち方面は優秀だな」

デリックに突き飛ばされると、ロゼッタの持っていた端末が落ちてさっきまで確認していた成績表が表示される。

デリックたちは、その内容をマジマジと見て――腹を抱えて笑い出した。

「み、見ないで！」

端末を取り返そうとするが、デリックに邪魔されてしまう。手を伸ばすが、ロゼッタよりも身長の高いデリックが手を上げると届かなかった。

「お前、この成績は酷すぎるだろ。貴族として失格だ。いや、平民以下だろ」

ロゼッタがデリックの伸ばした腕から端末を奪い返そうとして、体が触れるとデリックがニヤリと笑った。

「きゃっ！　は、放しなさい」

「いいから来いよ」

今度はロゼッタが腕を摑まれ、デリックに引っ張られていく。連れ込まれたのは、使用されていない教室だった。デリックたちに連れ込まれ、ロゼッタは突き飛ばされて倒れたところをデリックたちが囲んだ。

「ロゼッタ、お前らの一族は優秀な貴族から遺伝子をもらうんだったよな？　今からくれてやるぜ」

ベルトを外すデリックは、ロゼッタを興奮した顔で見下ろしている。

ロゼッタは嫌な汗が噴き出てきた。

「な、何を言っているのですか！」

冗談かと思ったが、どうやらデリックは本気だった。

「感謝しろよ。俺たちバークリー家の優秀な遺伝子を受け継げるんだからよ。だが、図々《ずうずう》しくバークリー家を名乗るなよ。お前の子供は認知しないから」

最低なことを言うデリックから逃げようとするが、取り巻きたちに囲まれて無理だった。

ロゼッタは抵抗も出来ない自分に腹が立つ。

(どうしてわたくしは、こんなにも弱いのよ)

「へへ、公爵令嬢をいただきま〜す」

デリックが手を伸ばすと、ロゼッタは抵抗するが簡単に押さえつけられてしまう。

「や、止《や》めて！　だ、誰か助けて！」

教室のドアからは廊下を通る生徒や教師たちが見えるが、誰もが見て見ぬふりをしていた。

どうして男爵のデリックに注意しないのか？

それは、デリックよりも、その後ろにいるバークリーファミリーと関わりたくないからだ。

海賊貴族と呼ばれるファミリーに睨《にら》まれては、今の帝国では生きてはいけないと知っているため誰もデリックに逆らえない。

そして、無理をしてまでデリックからロゼッタを助けることもない、と。

(どうしてわたくしがこんな目に遭うのよ！　どうして！　わたくしが、クラウディア家が悪いというの？　二千年も前の罪を、ずっと償えというの！)

デリックの手で口を押さえられて叫べなくなると、ロゼッタは自分の不甲斐《ふがい》なさを恨む。

その次の瞬間に、取り巻きの一人が吹き飛んだ。

「――え？」

最初は唖然《あぜん》とするデリックたちだったが、少し遅れて教室の出入り口へと顔を向ける。

そこにいたのは、クルトとウォーレスを連れて教室に入ってくるリアムだった。

「騒がしいと思って覗《のぞ》いてみれば、誰だお前ら？　見ない顔だな？」

デリックたちを見て怪訝《けげん》そうにするリアムの後ろでは、事情を察したウォーレスの顔から血の気が引いていた。

「リアム、彼はバークリー男爵だ！　三年生のデリックだ！」

クルトはそれを聞いて、多少驚くだけだった。どうやら、バークリーファミリーについて詳しく知らないらしい。

「トーナメントで優勝した人じゃないか。でも、先輩は第二校舎の生徒のはずだよね？どうして第一校舎にいるのかな？」

そして、詳しい事情を知らないのはリアムも同じだった。

デリックに対して、見下した態度を取る。

「なんでこっちの校舎に来た？　まぁ、いい。目障りだから消えろ。俺は今、苛々《いらいら》しているんだよ」

上級生に対する態度ではないが、それよりもデリックはリアムと聞いて顔を歪《ゆが》めた。

「てめぇがリアムか？　俺はバークリー男爵だぞ！　誰に向かって偉そうな口を利いて――ふごっ」

言い終わる前に、デリックが吹き飛んだ。

リアムが一気に距離を詰め、拳を叩《たた》き込んだようだ。

ロゼッタから見れば一瞬の出来事で、何が起きたのかを理解するまで数秒の時間がかかってしまった。

デリックに対して、リアムが激怒している。

「誰に向かって舐めた口を利いているだと？　そのままそっくり返してやるよ。俺は伯爵だ！　男爵風情が口の利き方に気を付けろ！」

吹き飛んだデリックに近付き、今度は蹴りを入れて転がしていた。

唖然と見ていた取り巻きたちが、リアムに跳びかかっていく。

「田舎貴族が調子に乗るな！　バンフィールド、お前はもうおわ――」

今度はその取り巻きがリアムに殴られ、吹き飛んで床を転がった。

「馴《な》れ馴《な》れしく呼び捨てにしてんじゃねーよ！　男爵風情の取り巻きが、身分を弁《わきま》えろ！」

第二校舎のデリックたちを一方的に叩きのめすリアムを、クルトとウォーレスが必死になって止めに入る。だが、暴れているリアムはそれでも止まらない。

「リアム、暴力は駄目だ！」

「ぎゃぁぁぁ！　リアム、相手を見て喧嘩《けんか》を売ってくれぇぇぇ！」

二人に摑まれ、リアムもデリックたちに追撃できなくなった。

「お前ら放せよ！　てめぇ、デリック！　その面は覚えたからな。覚悟しておけよ！」

倒れたデリックを回収して去って行く取り巻きたちに、リアムは喚《わめ》いていた。

ロゼッタは乱れた制服姿で床に座り込み、その様子を眺めている事しか出来なかった。

暴れたりないと不満そうなリアムだが、落ち着いてきたのかロゼッタに気が付くと手を差し伸べる。

「大丈夫だったか？」

自分に伸ばされたリアムの手を——ロゼッタは払いのけた。乾いた音が周囲に響くと、リアムは一瞬理解できない顔をしていた。

そして、すぐに不機嫌そうにする。

「どういうつもりだ？」

リアムが睨んでくるが、ロゼッタは泣きながら睨み返した。

「わたくしに触るな。わたくしは、たとえ落ちぶれても公爵家の娘。お前に——お前なんかに礼など言うものですか！」

本来のロゼッタであれば、お礼を言っていただろう。

だが、精神的に追い詰められていたロゼッタは、助けられたのが悔しかった。更に、助けられたのが逆恨みしていたリアムとあっては、素直にお礼が言えなかった。

フラフラと立ち上がり、逃げるように空き教室を出て行く。

（わたくしは、どうしてこんなに愚かなのかしら。お礼も言えないなんて）

力が無い自分が憎い。

助けず、蔑む周囲が憎い。

そして、何物をも自らの力で退けるリアムが――眩《まぶ》しくそして妬ましい。

ロゼッタは、リアムが羨ましくて憎かった。

優しくされて嬉《うれ》しかったが、それがリアムの施しに感じられて酷く屈辱的だった。

（あんな風になりたかった。わたくしも、リアムみたいになりたかったのに）

ロゼッタは、幼年学校での生活に精神も肉体も限界に追い込まれていた。

◇　◆　◇　◆　◇

走り去ったロゼッタを見て俺は思った。

――あいつ、いいわ。凄《すご》く良い！

俺は伯爵だが、自分は次期公爵だから頭は下げないと言いやがった。そんな風には言っていないが、もう態度がそんな感じだ。

ウォーレスが視線をさまよわせながら、俺に確認してくる。

「リアム、相手が誰だか理解しているのか？」

不安そうにしているウォーレスに、俺は笑みを向ける。

「あぁ、知っている。気に入ったよ」

クルトが俺を見て、少し呆《あき》れた様子を見せていた。

「またリアムの悪い癖が出ているね」

悪い癖と聞いて、ウォーレスが気になったようだ。

「悪い癖だと？　おい、リアムは実は問題児なのか？　どうなんだ、答えてくれ！」

クルトはまともに相手をしたくないのか、ウォーレスに曖昧な返事をしていた。

「問題児ではないよ。問題があるだけだよ」

「ちゃんと教えろよ！」

一緒に修行時代を過ごしたクルトは、俺の性格をよく知っている。それをウォーレスに教えてやる必要もないだろう。ウォーレスは馬鹿だが、基本的に善人だからな。

俺とクルトのように悪人ではない。

一応、クルトには釘《くぎ》を刺しておくか。

「そう言うな。俺の趣味みたいなものだ。邪魔はしないでくれるよな？」

「邪魔したって意味ないだろ？」

「お前も分かっているじゃないか。まぁ、見とけよ」

家柄だけが心の支えであるロゼッタを、心の底から屈服させたい。

あの高慢なお嬢様が、俺に従う姿はさぞ愉快だろう。

素直で従順な奴《やつ》も好きだが、たまには反抗心むき出しの女もいい。

前世の後輩である新田《にった》君が言っていたな。

確か「くっころ」だったか？　ちょっと違う気もするが、気の強い女を自分のものにするのは時代劇の悪代官もやっていたから間違いない。

俺は今、最高に悪徳領主をやっている気分だ。

部下たちは、俺の全てを肯定してくるからな。

中でも目立っているのはティアとマリーだろうか？

そこは気に入っているが、人間とは贅沢《ぜいたく》な生き物だ。

たまには反抗的な人間を屈服させたいものである。

俺の中の悪徳領主の血が騒ぐ。

それをクルトが悪い癖だと言って咎《とが》めるが、こればかりは邪魔はさせない。

ロゼッタ――お前は俺に選ばれた不幸を呪え。

お前の全てを踏みにじってやる。

◇　◆　◇　◆　◇

リアムが笑顔で学生寮の自室に入っていく。

それを見送ったクルトは、ウォーレスと二人になると溜息《ためいき》を吐《つ》いた。

だが、どこか嬉しそうな顔もしている。

「まったく、リアムは変わらないな」

だが、クルトと違ってウォーレスは焦っていた。

「おい、リアムは大丈夫なのか？　私はいきなりパトロンが消えるなんて嫌だぞ。しかも、

「相手はバークリーファミリーだ」

「ファミリー？　男爵でしょ？」

ウォーレスはクルトがバークリーファミリーを知らないことを驚いていた。

「し、知らないのか⁉　海賊貴族なんて呼ばれる連中だ。かなり危険な連中だ。あいつら、規模だけなら下手な公爵家より大きいぞ」

バークリー家は帝国貴族としては、少し変わった統治方法を行っている。

バークリー家は男爵家の集まりだ。

子供が生まれると領地を割譲して独立させ男爵にする。

だが、実際に管理しているのはデリックの父親である男爵――ファミリーのボスだ。

爵位が低いのは、帝国への貢献を減らすため。

出世よりも実利を取った結果だ。

爵位などよりも、利益を追求する帝国内では変わった貴族でもある。

そのため、親族である男爵家の集まり――ファミリーと呼ばれていた。

そんな実利を求める彼らが行っているのは、貴族にあるまじき海賊行為である。

本来なら討伐されるべきバークリー家だが、帝国への貢献も並ではない。貴重なエリクサーを毎年のように納めており、帝国としても切るに切れない相手だった。

ただ、それを聞いてクルトは腑《ふ》に落ちたようだ。

「海賊？　そうか、だからか」

「あいつらは敵対すると容赦がない。すぐに謝罪する必要がある」

怖がるウォーレスにクルトは首を横に振った。リアムが絶対に謝罪しないだろうと、クルトは知っていたからだ。

「それは無理だ。リアムは海賊に容赦しない」

「相手は貴族だぞ！　海賊行為をしていても貴族で、しかも力のある連中だ！」

「それでも、海賊行為をした時点でリアムの中では賊だ。リアムは、以前に海賊行為をした貴族の艦隊を全滅させているよ」

ウォーレスが口を開けて驚く。

「リアムはそこまでするのか？　だ、だが、バークリーだけは駄目だ。リアムでも勝てない。あいつらは海賊たちも従えているんだ！　帝国内で活動している海賊たちの元締めなんて言われているんだぞ」

クルトはそれを聞いても、リアムは謝罪しないと教える。

「それなら、なおのこと駄目だ。リアムは海賊を絶対に許さないからね。むしろ、叩き潰そうとするんじゃないかな？」

ウォーレスがその場に崩れ落ちて床に手をつく。

「わ、私の独立が終わってしまった。もう、おしまいだ」

ウォーレスは、バークリー家の復讐《ふくしゅう》に怯《おび》えて震えていた。

◇　◆　◇　◆　◇

第二校舎の学生寮。

デリックは顔に絆創膏《ばんそうこう》のようなものをいくつも貼って、痛々しい姿になっていた。

殴られたことに腹を立て、すぐに殺すと決断すると周囲は反論しなかった。

「リアムを殺す」

デリックは殺すだけで済まさないと決めていた。

「あいつの領地を破壊し尽くせ。全てを奪い、ゆっくり拷問をしながら殺してやる」

案内人が聞いていたら、狂喜乱舞していたことだろう。

だが、悲しいことに案内人はこの場にはいなかった。

「おい、あいつの情報は調べたか？」

「は、はい！　えっと、今のところはこれだけです」

急いでかき集めたバンフィールド家の情報が、空中に投影される。

バンフィールド家の本拠地には、かなりの戦力があるようだ。簡単に倒すことは出来ないとデリックも理解している。

「開拓惑星があるな」

目を付けたのは、現在開発中の開拓惑星だった。

「こっちには千隻くらいの防衛部隊しかいませんね」

デリックが痛々しい顔で笑みを浮かべると、前歯が無かった。

「俺の領地から艦隊を出せ。お前らの実家にも連絡しろ。海賊共もかき集めろ。それから〝アレ〟も使うぞ。あいつの本拠地に仕掛けて、全てを搾り取ってやる。豊かな星から全てを搾り取って荒廃させてやるよ」

デリックも名ばかりだが領地を持ち、自前の戦力を持っていた。

動かせる戦力は限りがあるが、それでも取り巻きの実家や海賊を頼れば一万には届く数を動かすことが出来る。

「何が海賊狩りだ。本物の海賊の恐ろしさを教えてやるぜ。――リアム、俺を怒らせたことを後悔するんだな」

バンフィールド家の領地に、デリックの魔の手が伸びようとしていた。

◇◆◇◆◇

バンフィールド家の開拓惑星。

そこの防衛部隊の基地では、騒ぎになっていた。

「司令！　およそ六千隻の艦隊がこちらに向かってきます！」

「六千だと!?」

防衛部隊を任されている司令官が、巨大モニターに映し出される敵艦隊を見て驚く。

その内容は、貴族の私設軍と海賊の混成艦隊だった。

基地内部も敵の規模に動揺していた。

慌ただしくオペレーターたちが次々に指示を出していくが、若干の混乱が見られていた。

「本当に六千なのか？」

司令官がもう一度確認すると、部下も確認する。

「は、はい。間違いありません」

防衛部隊の数は増強されてはいるが、それでも千隻程度である。

周辺宙域からかき集めれば、もっと数も増えるだろう。

しかし、それでも二千隻にも届かない。

数の上では負けていた。

だが、司令官たちの困惑は、悲愴《ひそう》感から来たものではない。

理解できないという顔をしていた。

「どこの馬鹿だ。バンフィールド家に喧嘩《けんか》を売るなんて、余所《よそ》から流れてきた海賊か？

すぐに調べろ」

部下たちが敵の情報を収集するが、帝国が持つ情報からは小規模の海賊の集まりであるという結果が出る。

「大物がいませんね。小物をかき集めたようです。気になるのは、貴族の私設軍と思われる艦艇です。どこの軍隊か不明ですが——どうしますか？」

時に貴族も海賊行為をする。

金を稼ぎたいとか、敵対する他家の領地を荒らしたいとか、理由は様々だ。

そうした場合の対処というのは、手心を加えるのが帝国流だ。

本気で敵を叩《たた》き潰してしまっては、面子《メンツ》をかけた大規模な戦争に発展してしまう。

だが、バンフィールド家の流儀は違った。

リアムが絶対に海賊に譲らないため――リアムの軍隊も同様に手心を加えることはない。

「君は奴らが貴族様の軍隊に見えるのかな？　それはいけない。実に不敬だよ。貴族様が海賊行為などするわけないだろう？」

「これは失礼しました」

白々しいやり取りをする司令官と部下は、敵に帝国貴族の私設軍が紛れていようと気にせず対処するつもりだった。

それがバンフィールド家だ。

リアムが不在だろうと、そこは変わらない。

「諸君、海賊共がこの惑星を狙って攻め込んできた。すぐに迎撃せよ」

司令官の命令で部下たちの困惑も消え去り、訓練通りに対処する。

防衛部隊は慌てない。

たとえ数で劣勢であろうとも、職務を遂行する。

何故《なぜ》なら、負けているのは数だけだからだ。

「非戦闘員の避難を急がせろ。防衛基地は、これより要塞級として迎撃に参加する。本星への報告も忘れるなよ」

以前にリアムは要塞級というとんでもない兵器を購入していた。

リアムがニアスのスポーツブラを見て購入を決めた、要塞級と呼ばれるとんでもなく大きな要塞は——現在、開拓惑星の基地として利用されていた。

その要塞級だが、簡単に言えば本物の要塞だ。

その性能は非常に高く、海賊が用意するような衛星を再利用したものとは違って最初から要塞として建造されている。

巨大な球体という形をしており、全周囲に攻撃可能な人工の建造物である。

そして、防衛部隊に配備されている艦艇や機動騎士は、現在の帝国の主力機ばかりだ。

海賊たちの使用する兵器よりも、性能が優れていた。

司令官は敵の艦隊を見ながら、今も信じられないという顔をしている。

「まだうちに喧嘩を売る海賊たちがいたのか。しかも、たった六千隻でこの要塞級に挑むだと？　連中は馬鹿か？」

要塞級を撃破するには、六千という数は少なすぎた。

◇◆◇◆◇

バークリー家が率いる混成艦隊。

六千隻を指揮するのは、海賊行為も働く軍人の司令官だった。

「何で開拓惑星に、あんな化物を置いているんだ！　連中は馬鹿なのか!?」

モニターに映し出される要塞級からの攻撃に、味方が次々に沈められていく。

部下たちからの報告は、どれも顔をしかめたくなるものばかりだ。

「司令！　こっちの攻撃はほとんど通りません。奴《やつ》ら、要塞級を盾にしてこっちに突っ込んできます！」

「あいつら、頭のネジが全部抜けているんじゃないのか!?」

本来はあまり動かず構えているはずの要塞級が、むしろ前に出てきた。

おかげで混成艦隊は下がるしかない。

逃げ出す味方はバンフィールド家の艦隊に撃破されていき、混成艦隊がその数を半分まで減らしていた。

「機動騎士部隊、要塞級に取り付けません！」

「だ、駄目です。味方の離反が止まりません」

「敵の増援部隊を確認！　その数一千五百です!!」

デリックに混成艦隊を任された司令官は、帽子を手で摑《つか》むと床に叩き付けた。

「降伏だ！　通信を繋《つな》げ！」

そして、すぐにオペレーターが絶望した顔で司令官の顔を見る。

「し、司令。奴らの返答です。海賊とは交渉しない、と」

「――何なんだよ。あいつら、俺たちがバークリーファミリーだって知らないのか？　田舎の辺境貴族はこれだから」

自分たちの降伏を受け入れないバンフィールド家が、司令官は信じられなかった。

普通の貴族ならすぐに退いている状況でも、バンフィールド家は自分たちを滅ぼすまで続けるらしい。

「俺たちはデリック様からアレを預かっている。お前ら、何としてもここから脱出するぞ。俺たちだけでも生き延びればそれでいい！」

「司令、敵が！」

味方を見捨てる決断をした瞬間に、ブリッジは光学兵器が直撃して蒸発してしまった。

◇　◆　◇　◆　◇

要塞級を主力にしたバンフィールド家の艦隊は、そのまま本部から増援が来るまで耐え切って敵を挟撃。

海賊たちは命乞いをしてきたが、無視をして全滅させてしまう。

ただ、防衛部隊だけでも敵を追い詰めており、味方が来た時に敵が逃げはじめた。

撤退するタイミングの悪い敵は、逃げ場を無くしたようなものだった。

「あいつら、いったい何をしたかったんだ？」

防衛部隊の司令官が首をかしげる。

デリックの混成艦隊は、リアムの開拓惑星を滅ぼすことが出来ずに全滅した。

第四話 暗殺者

幼年学校の学生寮。

廊下を歩いている三人の男たちは、揃《そろ》いの制服を着て見回りをしているように見えた。

別々の通路から合流し、そしてどこかに向かう途中で雑談に興じている。

「異常はなさそうだな」

「今日も無事に終わるさ」

「さっさと終わらせて帰りたいぜ」

貴族の子弟が暮らす学生寮は、常に警備として騎士が配置されていた。何しろ、ここで暮らしているのは身分の高い生徒も多い。

彼らが夜に廊下を歩いていてもおかしな事はない。

そんな彼らの影から、仮面を着けた黒ずくめの大男がぬっと出現する。

赤黒いマントは、足下に近いほど赤が強くなる。そんなマントで体を隠した大男は、異様に大きな両手を出す。頭部と体のバランスから見て、その手の大きさは異常だった。

大男は黒い仮面の二つの穴から目が覗《のぞ》くが、その瞳は赤かった。

明らかに不審者の出現に、男三人が腰に提げた武器を手に取って構える。

「何者だ！　どこから侵入した！」

訓練された動きに、黒ずくめの大男は両手を広げてのんきに挨拶をしてきた。

「こんばんは。いい夜ですね」

その直後、男たちの背中に大男と同じ格好をした部下たちが出現する。

影から次々に現れ、三人の男たちは囲まれてしまった。

「あ、暗殺者か？」

三人の男たちが動こうとした瞬間に、大男の部下の投げたナイフが一人の男の額に突き刺さって命を奪った。

「こいつら手練《てだ》れだぞ！」

「くそが。ぶっ殺してやるぜ！」

「よ、止《よ》せ！　不用意に飛び込むな！」

一人が恐怖に駆られて斬りかかると、大男の部下にあっさりとナイフで斬られてしまう。

斬られて地面に倒れる男は、不気味な連中の影に沈んでいった。

「ついてねーな」

最後に残った男は、大男の部下たちに跳びかかられて取り押さえられてしまった。

大男がクツクツと喉を鳴らして笑っている。

「お仕事の邪魔をして申し訳ない。さて、私は用事があるので失礼しますよ」

大男がいる学生寮は、リアムたちが利用している男子寮だ。

大男は床に沈み込むようにその場から消えていくと、そのまま迷うことなくリアムの部屋に忍び込んだ。

リアムはベッドで静かに寝息を立てている。

大男はそのままリアムに手を伸ばすと――はだけた毛布をかけ直す。

リアムが目を開けた。どうやら、侵入に最初から気付いていたようだ。

「騒がしかったな、ククリ」

リアムを起こしてしまい、【ククリ】と呼ばれた大男は膝をついて深々と頭を下げた。

「お休みのところを申し訳ございません、リアム様。五月蝿《うるさ》い犬共が紛れ込んでおりまして、追い返しておりました」

「犬？　もし飼い犬なら、ちゃんと飼い主の所に返しておけよ」

ククリはリアムの指示に従う。

怪しい男だが、ククリはリアムの部下だった。

「リアム様のお望み通りに」

床に沈み込むように消えていくククリは、部下たちが男を連れだした場所に出る。

生き残った男を見下ろすと、リアムに見せた態度とは違ってふざけた口調になる。

「いけませんね～。学生寮に警備を装い忍び込むなんて。それにしても、リアム様の命を狙うとは本当に許せませんね～」

怯《おび》える男は震えているが、何も答えようとしなかった。

男はリアムの命を狙う暗殺者だった。警備に扮《ふん》して忍び込んだのだろう。

「犯人は予測がつきますが、一応確認しておきましょうか。――私の目を見てください」

ククリの赤い瞳が怪しく輝くと、男はうつろな表情になる。

そして、ゆっくりと自分たちの雇い主について喋《しゃべ》りはじめる。

「デリック様に頼まれた。リアムを捕らえ、拷問しろと命令を受けています」

それを聞いて、ククリの部下たちが殺気立ちナイフを抜く。

部下たちの影が蠢《うごめ》き、ギチギチと不気味な音を立てていた。

ククリが手で制すと、部下たちは武器を下ろす。

「お待ちなさい。リアム様は、飼い主の所に届けろと仰せですよ。せっかくですから、少し飾り付けをしてあげましょうか」

ククリが怪しく笑えば、部下たちもそれに続いて笑う。

正気を取り戻した男は、目の前の不気味な集団に冷や汗が吹き出ていた。

「お、お前ら何者だ？　俺たちもこの世界は長いが、お前たちのような奴らは見たことがないぞ」

首をかしげたククリは、自己紹介をはじめた。

「何者？　そうですね――滅んだはずの一族。もしくは、過去から舞い戻った一族でしょうか？　まぁ、貴方《あなた》には関係の無い話。さて、飼い主の所に戻してあげますよ。立派に飾り付けをしてあげましょうね！」

大きなククリの手が、男に伸びる。

「や、止《や》めろぉぉぉ！」

叫ぶ男に、ククリは囁《ささや》いた。

「リアム様に手を出した。それだけでお前も、お前の主人も万死に値する」

◇　◆　◇　◆　◇

翌朝。

「ぎゃぁぁぁ!!」

使用人の叫び声に目を覚ましたデリックは、頭を押さえながら起き上がった。

「う、五月蠅いぞ。二日酔いで頭が痛いんだ。叫んだのは誰だ？　処刑してやるから名乗り出ろ――ひぃぃ!?」

部屋の中に存在しない置物があり、それが何であるかを悟ったデリックは悲鳴を上げる。

自分がリアムに送り込んだ暗殺者たちだった。

ただ、今は不気味なオブジェと化している。

「ひぃぃぃ！　す、すぐに片付けろ！」

デリックが見てもおぞましい何か。

それが、自分の部屋にあるなどと信じたくなかった。

二日酔いすら吹き飛び、そして心臓の鼓動が速くなる。

（い、いつだ。いったい、いつ俺の部屋に忍び込んだ？）

学生寮の警備は厳重にしてある。

自分がリアムを拉致して拷問にかけようと考えているだけあり、警備に関してはこれでもかと厳重にしていた。

凄腕《すごうで》の騎士たちも雇っていた。

それなのに、誰にも気付かれること無く、悪趣味なオブジェを置かれてしまった。デリックは、それがどれだけ異常なことか理解している。

デリックの叫び声を聞いて部屋に入ってくる騎士たちも唖然《あぜん》とし、使用人たちは嘔吐《おうと》していた。

「デリック様、ご無事ですか！」

「ぶ、無事に見えるのか！　漏らしてしまったではないか。そ、それよりも、すぐに片付けろ」

「いえ、それよりも幼年学校に連絡をしなければいけません」

騎士は悠長に事件が起きたと連絡すると言い出し、それをデリックが慌てて止めた。

「ば、馬鹿！　リアムの所に送り込んだ連中だ！　こいつらは、幼年学校にいないことになっている。そいつらがこんなことになったと知られれば面倒になるのは俺だぞ！」

調べられると自分が困る、とデリックは理解していた。

そもそも、堂々とデリックの部屋に侵入した連中は、間違いなくリアムの手の者だ。

オブジェは「いつでもお前を殺せる」というメッセージである。

デリックは頭を抱えた。

（くそっ！　かき集めた艦隊は全滅するし、兄貴たちには責められるし。〝アレ〟も失った。このままだと俺の立場がない）

デリックは自前の艦隊を失い、ファミリーの中で発言力を大きく失っていた。

兄たちにも責められ、デリックは何もかもうまくいかなかった。

そして、よりによって大事な〝アレ〟を失ってしまっている。

このままでは、デリックはファミリーに処分される可能性すら出てきた。

「くそ。くそっ！　どうして要塞級なんて購入してんだよ！」

艦隊を送り込んだ場所には、要塞級が待ち構えていた。

正規軍や一部の貴族しか持っていない要塞級を、開拓惑星に配備するのは普通あり得ない。そんな化け物があるなら、デリックだって攻め込まなかった。

「このままだと、俺の面子《メンツ》に関わる。何としてでも俺の手でリアムを始末しないと」

既に幼年学校でデリックは四年生。

リアムは二年生だ。

自分が卒業するまでに片付けないと、他の兄弟たちが先に動いてしまう。そうなると、デリックは使えないと判断されてファミリーの中で居場所をなくしてしまう。

「そ、そうだ！　トーナメントだ。あそこでリアムを始末すれば、まだ俺の面子も立つ。

あいつは絶対に出場するはずだ。それにトーナメントへの参加には、危険が付きものだからな」

幼年学校のトーナメントだが、機動騎士を扱うために万が一の出来事も想定される。

死を覚悟しなければ、機動騎士のトーナメントには参加できない。

デリックは、そのトーナメントでリアムを殺す計画を考える。

◇　◆　◇　◆　◇

最近、俺の周りが色々と騒がしい。

この前も、学生寮に犬が迷い込んでいた。

犬か。前世でも飼っていたから、無事に飼い主のもとに戻れていたらいいな。

それにしても——新しく雇った護衛のククリだが、見た目の割に名前が可愛《かわい》くない？

ククリ、って何となく可愛いぞ。

見た目は大男で、禍々《まがまが》しい雰囲気なのにな。

犬が迷い込んできたら報告してくる辺り、俺が犬好きであるというのも理解していてポイントが高い。

石化していたところをマリーと同じように助けたが、こいつらもいい拾いものだった。

さて、そんな俺も幼年学校では二年生になった。

一年生の時とさほど変わらない授業内容を受けている。

もう、流石《さすが》に飽きて来た。

だから、最近はもっぱらロゼッタを屈服させる方法について考えている。

あのお嬢様の拠《よ》り所《どころ》は、名ばかりの公爵という地位にある。

実情は貧乏らしいが、それでも爵位だけは本物だ。

ウォーレスも言っていたが、過去にねちっこい皇帝陛下がいて何千年と苦労しているらしい。

ねちっこいにも程がある。

そんなねちっこさにも屈しないクラウディア家は、何と高潔な精神だろうか！　それを屈服させたら、さぞ面白いだろう。

「だが、簡単じゃないな」

あいつのプライドをへし折ることを考えると、金では難しいだろう。

その程度では折れないから面白いが、そうなると次の手を考えなくてはならない。

いくら俺が伯爵でも、あいつは腐っても公爵家だ。

伯爵という立場を利用するのは難しいが、幸いなことにロゼッタの実家は公爵家だが権力はないに等しい。

俺が手を出しても、誰も文句を言ってこないのもいい。

何より、そんな状況でも誇り高いお嬢様であるロゼッタは、最高の人材だ。

「さて、どうやってへし折ってやろうか」

強気なお嬢様を土下座させて、頭を踏みつけてやりたい。

それが悪徳領主の正しい姿であるはずだ。

新田《にった》君もそんなことを言っていたから間違いないはずだ。

ブツブツと教室で呟《つぶや》いていると、ウォーレスが俺を見て引いていた。

「よく楽しそうにしていられるな」

「実際に楽しいからな」

どうやって高慢ちきなお嬢様を屈服させるか、考えるのが今の楽しみだ。

「リアムの気持ちが理解できないね。私は不安な気持ちで毎日を過ごしているというのに」

気の小さい奴《やつ》だ。ただ、そう言いながら、お前は俺に小遣いがなくなったと言って毎回せびって来るじゃないか。

昨日もせびってきた。

次の支給日まで残り半月以上あるのに、お小遣いを使い切るなんてこいつは計画性がなさ過ぎる。

そもそも、こいつは俺の子分としての自覚があるのか？

俺を都合のいい財布のように思っていないか？

たまには役に立ってもらいたいが、こいつが役に立つ事なんてあるのか？　パトロンになって後悔したな。いや、待てよ。

「おい、ウォーレス」

「何だい？　お小遣いの増額かな？」

ウォーレスの頭を叩《はた》き、俺は質問する。

「爵位を上げる方法を知りたい。それも、出来るだけ時間がかからない方法だ。皇子のお前なら何か知っているんじゃないか？」

「爵位を上げる方法？　時間をかけないとなれば――」

俺の質問にウォーレスは腕を組んで考え込むが、すぐに答えが出た。

「手っ取り早いのは、爵位を買うことだね」

「帝国が爵位を売っているのか？　いくらだ？」

「いくらなんでも、爵位は売らないよ。買うというのは、他の家からだよ」

ウォーレスが言うには、名ばかりで実がない家というのは多いらしい。

以前のバンフィールド家みたいな家だ。

だが、そんな家の爵位でも欲しがる奴らはいる。

実力はあっても爵位が低い家だ。

そうした奴らが爵位を上げる方法は、他家の爵位を譲り受けるというものだ。

爵位を売りたい家は、まず子供に爵位を継がせる。その後に、爵位を買いたい家がその子供を迎え入れる。

爵位が欲しい側の夫や妻に爵位を譲れば、格上の爵位が手に入るようだ。

それでいいのだろうか？

ただ、これには大きな問題がある。

そうした力のない家というのは、総じて莫大《ばくだい》な借金を抱えていることが多い。

「借金や色々な問題も抱えてくれるなら、爵位を引き継ぐのを帝国は認めているんだよ」

それを聞いて一つ思い付いた。

「金があれば爵位も買えるわけだ」

以前から思っていたのだが、今の爵位は物足りなく思っていた。

伯爵では同格の貴族も多いし、その上には侯爵も公爵もいる。

タイミングよく手頃なところに、公爵という爵位を持つ貴族の関係者もいるじゃないか。

俺は思ったね。

ロゼッタが拠り所にしている爵位を俺が奪えば、プライドもへし折れるだろう、って。

そして、俺は晴れて公爵にもなれるわけだ。

「つまり、貧乏な家の借金を支払い、その家から妻を迎えれば俺の爵位は上がるんだな？」

ウォーレスは頷《うなず》く。

「上がるね。けど、リアムの爵位で上と言えば限られてくる。辺境伯は少し特殊だから別として、そんな家が抱えている借金を払えるのか？　払うくらいならお小遣いの増額をお願いしたいんだが？」

ウォーレスにデコピンをして黙らせ、俺は早速計画を練るのだった。

ロゼッタに直接「お前の受け継ぐ爵位をくれよ」なんて言えば、きっと冷たい目で睨《にら》み付けてくることだろう。

反抗的な態度もいいのだが、俺はあいつの絶望する顔も見たい。

拠り所にしていたものを奪われたと知ったら、あいつはどんな顔をするだろうか？

前世で俺の絶望した顔を笑ってきた連中を思い出す。

——今度は俺が他者を踏みにじり、笑う番だ。

俺は一人席を立つが、ウォーレスも立ち上がる。

「トイレ？　なら私も行こうかな」

いや、お前まで立つんじゃない。なんで連れションに向かおうとするんだ。

それから、離れて座っていたクルトまで立つんじゃない。

お前ら、何でそんなに連れションにいきたいの？

あと、そんな俺たちの様子を嬉《うれ》しそうに見ているエイラがいた。何でお前は頬を染めているの？　あと、ウォーレスだけ時々睨むなよ。

「面白いことを思い付いたから、ちょっと実家に連絡を入れてくるだけだ。トイレじゃないからついてくるなよ」

教室内では、一人で俯《うつむ》いているロゼッタの姿があった。

あの、周囲を寄せ付けない孤高ともいえる感じがいい。

あと、割とお馬鹿な成績も気に入っている。

お馬鹿で、そして運動音痴で、それでも頑張っている姿がいいのだ。

そして、気が強い。

貧乏ながら、貴族として誇り高いだけが取り柄のロゼッタお嬢様。

そんなお前が、俺は大好きだよ。

◇　◆　◇　◆　◇

首都星の宮殿。

普段通り仕事に励む宰相のもとに、バンフィールド家に潜り込ませたセリーナから緊急の報告が届いた。

何か問題でも起きたかと、すぐに通信に応える。

「どうした？　何か問題でも起きたかな？」

『すぐにお知らせするべきと判断しました。リアム様が、クラウディア家との婚約をお考えです』

セリーナの言葉を聞いて、宰相は目を見開き驚くも首を横に振った。

まさか、リアムがよりによってクラウディア家を選ぶとは思いもしなかった。

何しろデメリットしかない家だ。

しかし、同時に任せられるのはリアムしかいないとも考える。

「馬鹿な真似《まね》をした、と思った方がいいのだろうね。だが、これで肩の荷が下りた気がする」


クラウディア家への冷遇は、随分前の皇帝陛下が決めたことだ。

それが続いてしまっており、辟易《へきえき》している貴族も多かった。

宰相もその一人だが、助けるには生半可な気持ちではどうにもならない。

名ばかりの公爵家であるクラウディア家には、莫大な借金がある。そして、皇族に逆らったという汚名も付きまとっている。

助けるには相応の力が必要になるが、助けたところで見返りはない。

セリーナもリアムの行動は予想できなかったのか、宰相の前で少し慌てている様子を見せている。

『既にブライアンがクラウディア家の当主と話をしております。あちらは疑っておりますが、このままいけば決定は確実でしょう』

「クラウディア家に断る理由はないな」

長いこと苦しめられてきたクラウディア家は、バンフィールド家を信じ切れていないようだ。

だが、こんな話は二度とないだろう。

クラウディア家にとっては、これが最後のチャンスだ。

すぐに折れるだろう。

「私の方からも話をしておこう」

『止めないのですか？』

セリーナはこの結婚の判断を宰相にもとめていた。それだけ、リアムの判断が突飛な証拠でもある。

「君も知っているのだろう？　クラウディア家は、もう十分に耐えてきた」

『もっと有益な相手を用意する方法もあります。宰相と付き合いのある貴族の娘を紹介するべきでは？』

「それもいいが、これでバンフィールド家は良識ある貴族たちに一目置かれ——そうか。そういうことか」

宰相が笑みを浮かべると、セリーナが不思議そうにする。

『どうかされましたか？』

宰相はリアムの狙いに気付いてしまった。

「いや、バークリー家と事を構えるつもりらしいと聞いた時は、愚かなことをしたと思っていた。しかし、色々と考えているものだな。ウォーレス殿下に続いてクラウディア家か。なる程、バークリー家と敵対するならば、逆の立場の貴族たちを抱き込むつもりか」

『逆？　そういうことでしたか』

セリーナも気付いたようだ。一連の出来事が、実はリアムの計算であると二人は判断する。

助けるには難しく、見返りも少ないクラウディア家。

そんなクラウディア家を助けても、リアムにメリットはない。――とも言えない。

不当に冷遇されてきたクラウディア家を助けるというのは、良識ある者たちにリアムの名前が売れる。

帝国の良識ある貴族たちが、リアムを高く評価するだろう。

そして、宰相はバークリー家と本気で争うつもりのリアムに期待していた。

「長らく放置してきた問題の数々を、そろそろ片付ける時が来たな。伯爵には頑張ってもらうとしよう」

『では、宮殿はこの結婚を認めるのですね？』

「当然だ。帝国は潤い、罪悪感からも解放される。力のある伯爵が、公爵となり帝国を支えるというのなら、こちらも歓迎しようじゃないか。帝国は少々腐敗しすぎた。ここらで、掃除をしたいと思っていたところでね」

セリーナは納得していなかったが、宰相に言われて渋々受け入れた。

『それでは、リアム様には宮殿の許可については問題ないとお伝えします』

「あぁ、頼むよ」

通信が切れると、宰相はリアムに向けて呟く。

「バンフィールド伯爵――期待させてもらうよ」

第五話 ▼ 鋼のクラウディア

ロゼッタは、幼年学校の生活に心が折れそうになっていた。

祖母、そして母が心折れたように、ロゼッタも幼年学校で現実を突きつけられている。

どんなに頑張っても埋められない差がこの世にはある。

出世など夢のまた夢。

「わたくしは出世して、あんな惨めな生活から抜け出したかっただけなのに」

終わらない地獄から抜け出したかった。

貧しいだけならいいが、嘲笑されるためだけに存在する生き方など、認めたくはなかった。

幼年学校で二年生が終わろうとしている頃には、もうクラスメイトたちとの成績の差は埋めようがなくなっていた。

授業で何を学んでも理解できない。

運動や武芸では、自分よりも小柄な女子に手も足も出ない。

いくら努力をしてもその差は開いていくばかり。

周囲よりも努力はしていた。

だが、努力している自分よりも、手を抜いている周囲の方が明らかに優秀だった。

周囲にいるのが、同じ人間なのか疑わしくなってくる。
ベッドの上で膝を抱え、瞳からは光が失われている。
「もう嫌。こんな惨めな思いをするくらいなら、生まれてこなければよかった」
祖母と母が、幼年学校に自分を送り出す時の悲しそうな顔を思い出す。
とても辛《つら》そうにしていた。
それでも、送り出すしかなかった二人は、ロゼッタに「諦めてもいい」と言っていた。
それがロゼッタには耐えられなかった。
負けを認めるようで嫌だった。
だから自分が成功して、帝国で出世してクラウディア家を救うと考えていた。
「出来もしないことを夢見て、本当に情けない」
だが、幼年学校に来て分かったのは、負ける以前に勝負にならないという現実だ。
ロゼッタの心は折れかけていた。
今にも折れそうな脆《もろ》い状態だった。

◇　◆　◇　◆　◇

ロゼッタが教室にやって来ると、リアムが馴《な》れ馴《な》れしく話しかけてくる。

「元気がないな、ロゼッタ。ちゃんと食べているか？」

「——近寄らないで。何度言わせるのかしら？」

「数えてないし、興味もない。それより、顔色が悪いな」

触れようと伸ばしたリアムの手をロゼッタは叩《はた》く。

「問題ないわ。これで満足かしら？　もう離れていいわよ」

心が今にも折れそうなロゼッタだったが、最後の抵抗にとリアムには冷たい態度を取る。

しかし、最近のリアムはしつこかった。おまけにバンフィールド家は、クラウディア家にリアムとロゼッタの婚約まで打診しているらしい。

婚約もリアムの差し金だろうが、そこまでする理由がロゼッタには不明だった。

（わたくしと婚約するなどと言い出して、一体何のつもりかしら？　リアムにメリットはないでしょうに）

リアムはヘラヘラと笑ってロゼッタに絡む。

「寂しいことを言うなよ。俺はお前が心配なんだ」

心配だと言いながら、リアムの表情はどこか楽しそうにしていた。

（こいつもクラウディア家を監視している奴《やつ》らと同じよ。きっとわたくしたちを裏切る。絶対に信じるものですか）

からかっているような態度でリアムが接してくるため、ロゼッタは冷たく突き放す。

「貴方《あなた》の心配なんていらないわ」

心が折れそうなロゼッタも、リアムの前では強気な態度でいられた。

それはリアムという理想を前に、強がっているだけだった。

本当は今にも心が折れて、部屋に引きこもりたいくらいだ。

それをギリギリのところで耐えていた。

そして、冷たい態度を見せても、リアムは相変わらず馴れ馴れしい態度を取ってくる。

それが少しだけ、ロゼッタには嬉《うれ》しかった。

「それは残念だ。なら、一緒に食事でもどうだ？」

「何度誘われても断るわ」

「お前は本当に頑固だな。それなら、また明日にでも誘うか」

何度も誘いを断っているのに、リアムはその度に嬉しそうな顔をする。

からかわれているのは理解しているが、ロゼッタにはこのように接してくる同年代の友人がこれまでにいなかった。

そのためリアムとの会話が、過酷な環境で心の支えになりつつあった。

時折「いっそ泣きついて楽になりたい」という感情が芽生えるが、それを必死に堪《こら》える。

今すぐにでもリアムに助けを求めたい感情を心の奥に押し込めて、ロゼッタは今日もリアムに冷たい態度を取る。

「用がないなら離れてくれないかしら？」

「――お前は本当に面白いな」

リアムが自分の席に戻っていく姿を見ながら、ロゼッタは俯《うつむ》いて下唇を噛《か》む。

そして自分に言い聞かせる。

(期待しては駄目よ、ロゼッタ。家族以外は信用できない。今まで、ずっと裏切られてきたじゃない。期待するのは駄目——裏切られたら余計に苦しむのよ)

過去に何度も監視者たちに苦しめられてきたロゼッタは、簡単に他人を信用できなくなっていた。

子供の頃に幼馴染《おさななじ》みがいたが、監視者たちの手引きで酷《ひど》い裏切られ方をした。

裏切りを経験したのは一度や二度ではない。

友達が出来る度に、ロゼッタはいつか裏切られるのではないかと不安で仕方なかった。

そして、いつからか他人に期待するのを止《や》めた。

(どうして期待するの。よりによって、リアムなんかに)

それなのに、リアムに期待する自分が不思議で仕方がなかった。

◇　◆　◇　◆　◇

ロゼッタに絡むリアムの姿は、教室では見慣れたものになりつつあった。

その様子を見ていたエイラの側《そば》では、女子二人で集まって会話をしていた。

聞き耳を立てているわけではなかったが、会話が聞こえてくる。

「何あの態度？　ロゼッタのくせに生意気じゃない？」

公爵家だろうと、それが名ばかりとなれば周囲に陰口も叩かれる。

だが、そんな女子をもう一人がすぐに注意した。

「止めなよ。リアム君に喧嘩《けんか》を売るつもり？」

「べ、別にそんなつもりはないけどさ」

「なら関わらない方がいいわよ。本気で怒らせたら、あんたの実家は終わるよ。バンフィールド家の噂《うわさ》は聞いているでしょう？」

「領民に優しい理想的な領主だって聞いているけど？」

「馬鹿ね。領民は守るけど、敵対すれば貴族の艦隊だろうと容赦なく殲滅《せんめつ》するって噂よ。領民には優しいらしいけど、敵には一切容赦しないから気を付けなよ」

「もう言わないから、これ以上脅《おど》かさないでよ」

幼年学校では、バンフィールド家の噂が広がっていた。デリックを敵に回したこともあり、本当に海賊に容赦がないと知れ渡っている。

また、領民には優しい名君、とも。

ロゼッタの悪口を言って、どうしてリアムに喧嘩を売ることになるのか？

エイラは机にアゴを乗せて小さく溜息《ためいき》を吐《つ》くと、その辺りの事情について考える。

（ロゼッタちゃんをいじめる奴がいなくなったわね）

これまでは小さないじめがいくつもあったが、リアムが絡み出すとそれらがすぐに止んだ。今は誰もロゼッタを笑わない。――笑えないからだ。

理由はリアムが「ロゼッタは俺の獲物」と公言したためだ。

一緒になっていじめると言い出す馬鹿もいたが、リアムに睨《にら》まれるとすぐに黙った。

(ある意味、一番安全かもね)

幼年学校で一番怖いのは誰か?

それは教師でもなければ、デリックのような不良でもない。

――リアムだ。

同じ校舎の上級生たちですら、リアムには逆らわなかった。

ただし、リアムはデリックのように他者を虐げるように従えない。

普段は真面目な生徒だし、手を出さなければ危害は加えてこない。

第一校舎は、リアムがいるおかげで随分と平和だ。

それに、ロゼッタの件も口では俺の獲物と言いながら、周りから見れば守っているようにも見える。きっと陰湿ないじめが嫌いなのだろうと思われていた。

(それにしても、リアム君がロゼッタちゃんを意識するとは思わなかったな。クルト君一筋だと思いたいけど、伯爵家の当主だから色々とあるよね。あ、いっそ表向きの恋愛という背徳的な妄想の材料になるかも!)

エイラにとってロゼッタは、親しいわけでもない。だが、嫌っているわけでもない。正直に言えば、近付き難い相手だった。

(――ま、ロゼッタちゃん的にはいい話だと思うんだけどね。でも、リアム君もかなり面

倒な家を選ぶよね。普通は避けるのに。ま、いいか。私はリアム君とクルト君で妄想しとこ）

今日もリアムとクルトが仲良くしている光景を見て、エイラは妄想を加速させていく。

エイラは頬を染めてその光景を見つつ、周囲に飛ばしている小型のドローンで隠し撮りを行っていた。

（はぁ～、この時間が本当に癒しだよ。嫌なことを忘れて幸せになれる）

エイラは男同士の恋愛が好きな女子だった。

そんなエイラの一押しのカップリングは、リアムとクルトだった。

（俺様系のリアム君が、真面目で少しヘタレなクルト君を今日も強引に――って、おい！）

エイラが普通に話している二人で勝手に妄想していると、そこに異物とも言うべき存在が割り込んでくる。

――ウォーレスだ。

「リアム、お小遣いをくれ！」

同級生にお小遣いをせがむウォーレスの姿は、エイラにはだらしないチャラ男に見えていた。二人の間に割り込む不純物の出現に、エイラは内心穏やかではいられない。

（何でお前がリアム君とクルト君の間に割り込んでくるのよ。お前、どう見ても寝取る存在よね？　不真面目でだらしないけど、寝取ることだけが得意なお邪魔虫よね？　お前がいると、私の妄想に邪念が割り込むのよ!!　リアム君やクルト君が寝取られて――あぁああぁぁぁあああぁぁあぁ!!　想像しちゃったぁぁぁ!!)

エイラの妄想自体が邪念であるが、ウォーレスの存在が邪魔なことに変わりはない。

(最近は寝取られに興味を持つ異端者たちまで出てくるし！　私の幸せを壊しやがって、ちくしょう！　ウォーレスを合法的に始末できればいいのに！)

至福の一時を邪魔され、モヤモヤした気持ちにさせられたエイラは一人頭を抱えていた。

考えるのは、合法的にウォーレスを二人から引き離す方法だ。

周囲がそんなエイラを見て若干引いている。

「エイラがまた悶《もだ》えてる」

◇　◆　◇　◆　◇

幼年学校の教職員室。

そこでは教師たちが話をしていた。

「クラウディアさんの件ですが、このままでいいのでしょうか？」

相談を持ちかけられたジョン先生も対応に苦慮していた。

「見ているのも辛い。出来れば、気にかけてやってください」

幼年学校でも、別にロゼッタを徹底的にいじめているわけではない。

だが、これまでの経緯もある。

何より、他の生徒とは明らかにレベルが違った。

本人の問題ではなく、単純な財力や立場の問題だ。

だから、責めるに責められない。

むしろ、頑張っているのは知っているから、出来なくても叱れない。それが、本人にとって軽んじられていると思う原因になっていた。

他の教師がロゼッタを気遣う。

「しばらく休ませてあげたらどうですか？　あの様子では、取り返しがつかないことになりますよ」

ジョン先生が首を横に振った。

休ませたいが、それが出来ないからだ。

「クラウディア家の監視者からクレームが来ています。これ以上は難しいですね」

皇帝の命を受けて集められたクラウディア家の監視者集団は、今も末裔《まつえい》たちがその責務を全うしている。

責務を全うしていると言えば聞こえは良いが、やっているのはクラウディア家をいかに惨めに追い込むかという悪質な嫌がらせだ。

発足時から加虐的な者たちが集められ、それが今も受け継がれて酷く歪《いびつ》な組織に変貌してしまっていた。

いかに人の心を折るかを、楽しそうに考える連中の集まりだ。

ロゼッタを休ませようとすると、そうした監視者たちから苦情が来る。

彼らは言う——亡き皇帝陛下のご命令に逆らうのか？

そのように脅されては、教師たちでは逆らえない。

皇帝のお遊びで誕生した組織だが、長い歴史もあって権威まで持っていた。

だから、ロゼッタを休ませることも出来ない。

「何か手はないのでしょうか？」

教師たちにはどうすることも出来なかった。

教職員室に、一人の教師が駆け込んでくる。

「た、大変です！」

ジョン先生が顔を向ける。

「どうしました？」

「次の機動騎士を使ったトーナメントです！　デリック様が立候補しましたが、リアム様も立候補したんですよ！」

それを聞いて教師たちが立ち上がった。

「すぐに出場を止めましょう！」

リアムはデリックを怪我《けが》させている。

普段大人しいリアムだが、海賊となると徹底的に叩《たた》くことで有名だ。

そんなリアムとデリックが、もしも機動騎士で戦えば大変なことになる。

「リアム様には辞退してもらいます。そうしないと、大変なことになりますよ」

だが、情報を持ち込んだ教師が首を横に振る。

「デリック様が必ず出場させろと言って来ました。そうしなければ、許さないと」

ジョン先生がすぐに上司に報告することに決めた。

「次から次に問題が起こる。最近は面倒事ばかりだな」

◇　◆　◇　◆　◇

幼年学校からの報告が最終的に辿《たど》り着いたのは、宰相のところだった。

こんなことを自分にまで報告するなと言いたい宰相だが、上がってきた名前を見れば幼年学校では手に余ると納得する。

「面白い。やらせておくか」

そして、報告を持って来た部下は、リアムの筆頭騎士であるティアだった。

今は宰相の部下として配属されている。

「ありがとうございます。リアム様もお喜びになります」

笑顔のティアを見ながら、宰相は帝国の直臣にならないかと誘う。

それは、ティアがとても有能な証拠だ。

「ところで、クリスティアナ。帝国の直臣になる件は考えてくれたかな？」

本来なら多くの騎士が喜んで受ける提案を、ティアは即答で拒否する。

「考えるまでもありません。前にも言いましたが、その件はお断りいたします」

それを聞いて、宰相は引き下がる。

「残念だ。有能な部下は一人でも多く欲しかったのだがね」

「私の主君はリアム様だけですから」

本心からそう言っているティアに、宰相は諦めがついた。

同時に、ティアにこれだけ言わせるリアムを高く評価する。

「有能な騎士にこれだけの忠誠心を抱かせる。なるほど、伯爵はその他大勢とは違うらしい」

「当然です」

宰相はティアを見ながら残念そうにする。その理由は、ティアならば帝国を支える人材になり得るからだ。百年も自分の下で働けば、後継者候補の一人になるだろうに——と。

「さて、これでバンフィールド家とバークリー家は本格的に争うことになる。覚悟は出来ているだろうね？」

リアムがデリックと戦う。既に小競り合いははじまっており、このままいけばバークリーファミリーも動き出すだろう。

帝国内の大貴族同士の争いがはじまろうとしている。

だが、ティアはリアムの勝利を疑っていなかった。

「当然です。リアム様の決断に間違いなどございません。仮に間違っていたとしても、私が勝たせてみせますよ」

「そうか」

(頼もしいが、盲信が過ぎるな)

ティアの盲信に危うさを感じた宰相は、これは引き抜かなくて正解かと考えを改めた。

「大変結構だ。存分に暴れ回るといい。帝国は勝者を受け入れる」

バンフィールド家とバークリーファミリーの戦いは、一体どちらが勝つか？

それは宰相にも予想できなかった。

(規模で言えば、バークリーが圧勝だ。だが、伯爵は常に不利な戦いに勝利してきた。今度もそうなると、個人的には信じたいところだな)

内心で応援しているのは清廉潔白なバンフィールド家だが、自ら支援して勝たせようとは思わない。それでは帝国の宰相など務まらない。

勝った方と手を組む。

(いずれにしろ、これから長い戦いになるな)

貴族同士の戦いは、何も兵器を使った戦争ばかりではない。

まずは静かに争いあう。

経済戦争や、暗殺、様々な手段が取られる。

バークリー家が勝つことで利益を得られる者たちも、きっとその戦いを支援するだろう。

そうなると、リアムの勝ち目は薄い。

いくらリアムが強くとも、味方がいなければ負けてしまう。

（気骨ある者たちが、伯爵を支援するかが鍵になるな）

勝ち筋があるとすれば、バークリー家とは反対の気骨ある貴族や商人たちの支援が必要だった。

（クラウディア家を助ければ、可能性の芽は出てくるか）

◇　◆　◇　◆　◇

『も、申し訳ありません！』

モニターの向こうにいるブライアンが、深々と頭を下げて謝罪していた。

眠たい目をこすりながら報告を聞く俺は、続きを話すように促した。

『クラウディア家の当主、先代共に、リアム様のお気持ちを疑っております。残念ながら、婚約の交渉は進んでおりません』

ハンカチで汗を拭っているブライアンを見つつ、俺は現在の状況を考える。

物腰柔らかいブライアンだ。

上から目線で「婚約してやる」などとは交渉しないだろうし、させないだろう。

こいつがその点で失敗したとは考えにくい。

そうなると、クラウディア家が俺を嫌っているのか？

色々と理由を付けてはいるが、俺を格下に見ているとか？

落ちぶれても、心までは折れない鋼の精神を持つクラウディア家か——最高だな！

ロゼッタも折れない女だが、実家も相当な頑固者と見た。

「丁寧に交渉を続けろ。ゆっくりと溶かしてほぐすような交渉が必要だ。そうだろう、ブライアン？　まずは誠意を見せないとな」

最初は誠意を見せてやるが——その後は実力行使だ。最初から実力行使ではすぐに片がついて面白くもない。

頑固な公爵家だろうとも、俺が必ず落としてみせる！

『も、もちろんでございます。た、ただ、クラウディア家は、リアム様がロゼッタ様を見初めたとしても、正妻に迎える理由はないだろう、と仰《おっしゃ》っています』

言葉通りに受け止める程、俺はお馬鹿ではない。

きっと意訳をすればこんなところか？

一目惚《ひとめぼ》れをしたのは仕方ないにしても、結婚するとか舐《な》めてるの？　うちは歴史ある公爵家なんだぞ！　田舎の伯爵家が出しゃばるな！

みたいな感じだろうか？

お前らクラウディア家は、本当に俺を楽しませてくれる。

『リアム様、本当にロゼッタ様を奥方として迎え入れるおつもりですか？』

心配そうなブライアンの気持ちは簡単に察することが出来る。

俺のような悪徳領主が、鋼の心を持つ正義の塊みたいなクラウディア家の娘を迎え入れてもいいのか？　ということだろう。

クラウディア家は凄《すご》い家だ。

ねちっこくて悪い皇帝に逆らい、おまけに何千年と嫌がらせを受けても耐えている。

おまけに女性当主が続いているから、きっと男なんてゴミだと思っているような連中だろう。

そういう女を屈服させたら、きっと楽しい。

たとえ、どれだけ時間がかかってもいい。

むしろ、どれだけ耐えるのか見てみたい。

俺の横で悔しさに顔を歪《ゆが》ませるロゼッタこそが、俺の正妻に相応《ふさわ》しい。

そもそも――俺は妻にたいした価値を見いだしていない。

「お前は俺の決定に不満か？」

俺の決定に文句を言う奴《やつ》は基本的に許さない。

だが、ブライアンは譜代の家臣みたいなものだから、多少の文句くらいは許してやる。

『ハッキリと申し上げるなら、不満でございます。クラウディア家の借金は、以前のバンフィールド家よりも莫大《ばくだい》でございます。縁を結んだとしても、得られるものが少なすぎます。利益の面からは反対せざるを得ません』

錬金箱を持つ俺に、金銭的な問題などないのと一緒だ。

それに、天城《あまぎ》が言うには錬金箱がなくとも、バンフィールド家の経済力ならば十分に自立できるらしい。

無駄に領内を整備してきたから、収入はしっかりあるそうだ。

天城が言うから間違いない。

「これは決定事項だ。俺は意見を変えるつもりはない」

俺の意志が固いと知ると、ブライアンは少し肩を落とした。

そなのに、少し嬉《うれ》しそうに見えるのは気のせいだろうか？

『承知いたしました。それから、先程は反対しましたが、個人的にはリアム様を応援しております』

「そうか」

通信を切ると、俺は立ち上がって背伸びをした。

「ブライアンも納得したようで何よりだ。さて、次はどう出るかな？　楽しませてくれよ、クラウディア公爵家」

◇　◆　◇　◆　◇

その頃、第七兵器工場では試作機のテストが行われていた。

いくつも建造された試作機の一つに乗るのは、テストパイロットを引き受けたマリーだった。

デブリが漂う宇宙空間を、マリーの乗る機動騎士が全速力で駆け抜けている。

ミスをすれば大事故になるような状況だが、マリーはやってのけていた。

しかし、コックピット内から聞こえる声は、普段のマリーとは違うものだった。

『この暴れ馬が！　言う通りにしないとぶち壊すぞ！』

漂うデブリの間を縫うように飛び回るが、その動きには無駄も多い。パイロットが操縦に苦労している様子が、その動きだけでも伝わってくる。

船内から様子を見ているニアスは、そんな口汚い台詞《せりふ》を吐き続けるマリーを無視してうっとりと頬を染めていた。

ニアスが見ているのは、マリーの乗る試作機だ。

「いいわ。試作機と言っても、私が造った機動騎士は最高よね。惚《ほ》れ惚《ぼ》れしちゃう性能だわ。やっぱり、希少金属を贅沢《ぜいたく》に使えるって最高よね」

予算を気にせず、希少金属をふんだんに使った機体は試作機というよりも財宝の塊と呼んだ方がいい代物に仕上がっていた。

テストを終えたマリーが、試作機で船へと近付くと通信を繋《つな》げてきた。

声は荒立ったままで、呼吸が荒く汗だくになっていた。

操縦に苦労した様子がうかがえる。

『ニアス！　てめぇ、こんな欠陥機体をリアム様に差し出すつもりか!?　操縦が難しすぎて、冷や汗をかかされたわよ！』

試作機の操縦に苦労しているマリーだが、その操縦技術は一流で間違いない。そんなマリーですら試作機に振り回されている。

試作機ですらこの状態ならば、アヴィドならどうなってしまうのか？　まともに動かせるかも怪しいと、マリーは言いたいのだろう。

「問題ありませんよ。リアム様のアヴィドは、それ以上のじゃじゃ馬になる予定です」

『お前は正気かよ!?』

普段は似非《えせ》お嬢様口調のマリーが、驚いて口調が粗雑なままだ。自分が乗る試作機よりもアヴィドがじゃじゃ馬になると聞けば、ニアスの正気を疑わずにはいられないのだろう。

だが、それがリアムの要望だ。

操作性を捨ててまで、高い性能を求めている。

「正気ですよ。リアム様の希望を叶《かな》えると、操縦がデタラメに難しくなるんです。それとも、性能を落として操縦しやすくしますか？」

挑発すると、マリーが苦々しい顔をしてニアスを睨《にら》み付けてくる。

『上等じゃない。あたくしが完璧に乗りこなして、最高のデータを揃《そろ》えてあげるわ。けれど、そこまでやってアヴィドの性能にリアム様が満足されなかったら——お前らは一人残らず殺すわよ』

「その時はどうぞご勝手に」

ニアスが自信を見せれば、マリーは口調をお淑《しと》やかなものに戻した。

『性格はともかく、貴女《あなた》の腕と度胸は高く評価しておくわ』

「――え？」

腕は一流のマリーだが、その性格は問題ありだ。また、物騒な発言が多い。

難しい機体を手足のように操れる貴重なパイロットだが、物騒すぎるというのがマリーに対するニアスの今の評価だった。

そんなマリーに性格に難ありと言われれば、流石《さすが》のニアスも一瞬何を言われたのか頭が理解を拒んでしまった。

気を取り直してタブレット端末を操作し、ニアスは試作機のデータを確認する。

「それよりも、乗った感想はそれだけですか？　操縦が難しい以外に感想は？」

『悔しいけど無いわね。操作性はともかく、性能は試作機でも異常の一言よ。このままあたくしの専用機にしようかしら？』

「今後もデータを取るので駄目です。それでは、戻ってきてくださいね。あら？」

ニアスの持っていたタブレット端末に、バンフィールド家絡みのニュースが届いた。

それを確認しているニアスに、マリーが興味を見せる。

『どうかしましたの？』

「いえ、リアム様が幼年学校で結婚相手を見つけたそうですよ」

『何ですって!?』

声を張り上げるマリーに、ニアスは内心で「暴れたら面倒だ」と思いながら説明する。

「落ち着いてください。リアム様も貴族ですからね。十分にあり得る話ですよ。それに、お相手は公爵家のお嬢様みたいですよ」

『相手は誰ですの!!　リアム様に相応しい相手ともなれば、家柄だけではなく個人の器量も問われて然《しか》るべきですわ。それを、筆頭騎士候補のこのあたくしに話も通さないで決めるとは、どういうことですか!?』

マリーは筆頭騎士ではないし、そもそもリアムはいちいち許可を求めない。

あと、ニアスは訂正する。

「筆頭騎士はクリスティアナ様では？」

それを聞いたマリーは、コックピットの中で鬼の形相へと変化した。取り繕った態度を捨てて、口汚くティアを罵る。

『リアム様にあたくしより少しだけ早く助けられただけで、筆頭騎士の地位を奪った腐れミンチ女が！　いつか元の姿に戻してやるよ！』

ティアのことが嫌いなマリーは、人が変わったようだ。

『あのアマ、あたくしのパーソナルカラーまで奪いやがった！　白と青はあたくしのパーソナルカラーだったのに、糞《くそ》が！　いつまでも筆頭騎士でいられると思うなと、あたくしが挽肉《ひきにく》にしてやるよ！』

ニアスをはじめ、船内にいたスタッフたちがドン引きする。

マリーが周囲の反応に気が付いて、オホホホなどと白々しく笑った。

『ちょっと興奮してしまいましたわ。ごめんあそばせ。でも、ニアスもあのミンチ女が筆頭騎士では、バンフィールド家のためにならないと思わない？』

「いや～、私には判断できませんね～」

マリーの意見をニアスは笑って誤魔化した。

（そんなことを私に言われても困るのよね。そもそも、バンフィールド家の事情に関われる立場じゃないし）

マリーは再び取り繕った態度で、ニアスにリアムの相手について尋ねた。

『それで、どこの家と縁を結ぶのかしら？』

「えっと――クラウディア公爵家ですね。あまり聞かない苗字《みようじ》ですね」

ニアスがそう言うと、マリーはその瞳を大きく開いて驚いていた。

マリーには珍しく狼狽《うろた》えていた。

『クラウディアですって？』

◇　◆　◇　◆　◇

幼年学校に入学して三年目に突入した。

そして、俺は許可を取って第七兵器工場を訪れていた。

愛機であるアヴィドの様子を確認するのが目的だったが、広い格納庫で雄々しい姿を見せるアヴィドは仁王立ちしている。

何と堂々とした姿だろう。

様子を見に来た俺を案内するのは、テストパイロットとして派遣したマリーだ。

「ご覧ください、リアム様！　これが改修を終えたアヴィドですわ！」

自信満々のマリーだが、その成果を見れば納得もする。

「よくやった。褒めてやる」

「ありがたき幸せにございます」

以前よりも立派になったように感じるアヴィドに満足しているが、それはそれとして残念娘を見て俺は呟《つぶや》く。

「お前は何をしているんだ？」

強化改修が完了したアヴィドに抱きついているのは、俺が声をかけたことにも気付かないニアスだった。蟬《せみ》のようにアヴィドに抱きつき、頰ずりしていた。

「アヴィドちゃん、立派になりまちたね。ママは嬉しいわ」

まるでアヴィドに赤ん坊に語りかけるように接するニアスは、見ていて痛々しい。

その姿を見た俺は、どんな反応をしたらいい？　悪徳領主の俺も反応に困るぞ。

どうやら、アヴィドの強化改修は、俺が想像していたよりもハードだったようだ。

以前から酷《ひど》いとは思っていたが、とうとうニアスが壊れてしまった。

俺はアヴィドを見上げる。

全体的には大きな変更はないが、細部が少し変わっている程度だろう。

だが、フレームや装甲は全てレアメタルに変更されている。

問題が多発した関節部は特に気合を入れているようだ。

カタログスペックを確認すると、現行機の性能を大きく凌駕《りょうが》している。

理論上のデータには満足した。

問題は実際に乗って、俺がどう思うかだ。

ただ、気に入らない点が一つだけあった。

「実にいい。だが、気に入らない箇所がある」

俺が不快感を示すと、側《そば》にいたマリーが慌てて膝をつく。

「な、何か落ち度がございましたでしょうか！」

本当に気付かないのか？　仕方がないので教えてやろう。

「俺は大量の金塊も送っていたはずだ。黒い装甲に銀色もいいが、俺は黄金の方が好みだ。金色に塗り直せ」

そんな俺の命令に意見するのは、激怒した顔で振り返ってくるニアスだ。

「誰よ！　この子にそんな成金趣味みたいなカラーリングをさせる奴《やつ》は！」

――この女、俺の趣味を成金と言い切りやがった。

その瞬間に、無表情になったマリーが立ち上がる。ホルスターに入れていた拳銃のような武器を握って引き抜くと、ブレードが出現する。

折り線が入ったようなカッターの刃を想像させるブレードは、小さな刃が鍔《つば》の部分に収納されていたようだ。

収納型の実体剣か？——これも浪漫《ロマン》武器だな。

二刀流のマリーは、容赦なくニアスの首筋に刃を当てていた。

「ニアス、貴女は優秀な技術者だったわ。アヴィドを完成させた功績に免じて、一太刀で終わらせてあげるわね。リアム様への無礼は死んでお詫《わ》びしなさい」

マリーの本気の殺気を受けたニアスが、俺に助けを求めてくる。

「ぎゃぁぁぁ！　リアム様ぁ！　た、助けてくださいよ！」

恐怖で絶叫するニアスが少し面白かった。

だが、マリーは冷静だ。本気でニアスを殺そうとしている。

「ニアス、アヴィドから離れなさい。リアム様の愛機が貴女の血で汚れてしまうわ。それは貴女も望まないでしょう？」

「嫌ですけど！　殺さないって選択肢はないんですか!?」

「ないわね」

俺を馬鹿にした奴は殺す！　という、俺の部下として百点満点の態度を見せてくれた。

マリーにも満足しつつ、そろそろニアスを許してやることにした。

「マリー、もう止《よ》せ」

冷たい目をしているマリーが、武器を納めて下がる。

そして俺はニアスに命令する。

「ニアス、アヴィドの改修をやり遂げたことに免じて、今の言葉は聞かなかったことにしてやる。だから、塗装をやり直せ。銀色の部分は金色がいいな」

俺が寛大なところを見せてやるも、ニアスが目に涙を溜《た》めて抵抗を見せる。妥協して銀色を金色に変更するに留《とど》めると言っても、ニアスは納得しなかった。

「嫌です！」

「てめぇ！　俺の命令に逆らうのか！」

よりによって、即答で拒否するなど許されない。

マリーが再び剣を構えはじめるが、その前にニアスが拒否する理由くらいは聞いてやろう。

「銀色の部分は強化ミスリルですよ！　全てミスリルですよ。ミスリル！　黄金よりも価値があるミスリルの輝きの方が美しいでしょう？　かなり苦労して加工したミスリルなのに、それを塗り直しとか酷いですよ！」

銀色の部分はどうやらミスリルだったらしい。

この世界だと黄金より価値がある。

それは理解しているが、俺は黄金の方が好きだ。

「それでも俺は黄金が好きなんだよ！　いっそ、銀色以外の部分を金色に染め上げてやろうか？　お前が嫌いな成金趣味を極めてやろうか！」

「悪趣味です！　アダマンタイトの黒い輝きの良さが分からないなんて、どうかしていますよ！　黄金以上の価値ですよ！」

アヴィドに飾られた家紋やら模様は、全て銀色になっていた。

黒地に銀というのは確かに渋い。

銀の部分だけでも金にしたいと俺がお願いしているのに、ニアスが必死に抵抗してくる。

「俺に抵抗しやがって。お前じゃなかったら即打ち首だからな!?」

この残念娘だが、非常に残念ながら同時に優秀な人間でもある。アヴィドの整備を任せられるのは、現時点ではこいつ一人だ。何しろ、改修やら何やらはこいつが手がけている。

非常に残念ながら――殺すには惜しい人材だ。

それを知ってから、ニアスは俺に対して他の貴族とは態度が違った。

「そもそも塗装なんて必要ありませんよ。この美しい黒はアダマンタイトの輝きですよ。下手な宝石より美しいでしょう？　あぁ、アヴィドが悪趣味な塗装で汚されてしまうなんて」

泣き真似《まね》をしながらアヴィドに寄りかかるニアスを見て、マリーが俺に提案してくる。

「リアム様、拷問しますか？」

賛成したいところだが、ニアスは大事な人材だ。

あと、個人的に気に入っている。ユリーシアがいない今では、こいつは貴重な残念娘枠だ。

「残念娘は俺のお気に入りだから、これくらいは許してやる。だが、俺に逆らった罰として、お前に塗装させてやるよ」

俺は泣いて嫌がるニアスに、アヴィドの塗装を命じた。

「うわ～ん、リアム様の馬鹿ぁぁぁ！」

その後、駄々っ子のように抵抗をするニアスを前に――いたたまれなくなった俺が最終的に折れて、カラーリングの変更はなくなった。

でも、罰としてニアスの上司には小言を言ってやった。

ニアスは上司から叱られればいい。

◇◆◇◆◇

リアムのいない幼年学校では動きがあった。

ロゼッタは、クラウディア家の監視者に呼び出されていた。

場所は幼年学校の応接室で、同じく監視組織の者たちに囲まれている。女の子一人で、男たちに囲まれている状況に、ロゼッタは精神的な圧力を感じていた。

そして、監視者たちが呼び出した理由に驚く。

「トーナメントに参加しろと言うのですか？」

幼年学校に入学し、随分とやつれたロゼッタに監視者たちは笑顔でトーナメント参加を勧めてくる。だが、ほとんど強制だった。

「せっかくの幼年学校です。思い出作りの一つに参加されてはいかがか？」

「クラウディア公爵家の娘が、まさか尻込みされるおつもりか？」

「レンタル代は借金をしてもいいのです。貸してくれる知人を紹介しましょう」

ロゼッタでは他の生徒とは勝負にもならない。

どうせ無様に負けるだけだ。

そして、レンタル代の借金をする相手は、きっと高利貸しなのだろう。

まともなところは、クラウディア家と関わろうともしない。

しかし、ロゼッタには逆らえなかった。

「承知しましたわ」

断れば、監視者たちの説得という名の長時間の拘束が待っている。今のロゼッタには、とてもではないが耐えられない。

こうした事はこれまでにも何度かあった。

無理な要求を拒否しようとすれば、時には数日間も寝食すら許さない説得を彼らはしてくる。

彼ら自身は交代で説得をしてくるので、負担も少ないがロゼッタは違う。

「流石《さすが》は次期公爵様です！　今年はバークリー家のデリック様以外にも、海賊狩りで名を上げたリアムがいます。きっと楽しい試合になるでしょうね」

デリックには様を付け、リアムは呼び捨て。それだけで、彼らの本質がよく出ている。

監視者たちは、海賊貴族と親しい悪い役人たちだ。

（どうせ、試合に出て怪我《けが》をしたわたくしを笑いたいのでしょうね）

試合と言ってはいても、起動騎士同士の戦いは非常に危険である。

時には死亡者も出してしまうが、珍しいことではない。

そんな試合に、旧式の機体で出場させて笑い物にしたいのだろう。

ロゼッタは抵抗する気力も失われていた。

（いっそ、試合で楽になりたい。その方が幸せよね）

ロゼッタに監視者が釘《くぎ》を刺す。

「あ〜、それとですね。変な夢は見ない方がいいですよ。バンフィールド伯爵が貴女《あなた》との結婚を考えているようですが、公爵家の背負っている莫大《ばくだい》な借金を知ればどうせ逃げます。そうだ。いっそ、リアムから遺伝子をもらいますか？　貴女の嫌いなリアムに、土下座をして遺伝子をもらいましょう。その程度の交渉なら、私たちが引き受けますよ」

ロゼッタがリアムを嫌っていると知って、監視者たちのこの台詞《せりふ》だ。

どこまでもロゼッタやクラウディア家を追い詰めていく。

「好きにしてください」

ロゼッタには、もう何も言う気力がなかった。

◇　◆　◇　◆　◇

ロゼッタがトーナメントの参加を決めた。

監視者たちは、そのまま応接室で今後の相談に入る。

「田舎者の伯爵家が、正義感を出して余計なことをするから面倒になる」

不満そうな監視者たちが話題の中心にするのは、ロゼッタに結婚を申し込んだリアムだった。

このままいけば、クラウディア家はそのまま消滅して自分たちが職を失う。

大きな意味で帝国の役人である監視者たちだが、今更他の職場で働くつもりもない。

人をいたぶることが好き、それが出来る職場は彼らにとって居心地が良い。

男たちはリアムを潰すために作戦を練る。

「デリック様に話は出来たか？」

「はい。向こうも乗り気でしたよ。よほど、リアムに殴られたのが気に入らないようですね。あの様子なら、和解はまずあり得ません」

監視者たちが醜い笑みを浮かべる。

「調子に乗ったバンフィールド家には、ここらで消えてもらうとしようか」

◇　◆　◇　◆　◇

トーナメントに向けた準備をしているのは、リアムだけではなかった。

幼年学校のある惑星の近く。

そこに集まるのは、大量の海賊船だった。

集めたのはデリックだが、海賊たちの集まりの悪さに顔をしかめる。

格納庫に海賊団の団長たちを集めるが、皆の顔色が悪い。

「たったこれだけか」

苛々《いらいら》しているデリックを前にして、海賊たちはリアムを恐れている様子を見せる。

「ほ、本当に海賊狩りのリアムと戦うんですか、デリック様？」

「いくら報酬がよくても、あのリアムと戦うなんて」

「名のある海賊たちが、手も足も出なかったのに俺たちでどうにかなりますか？」

そんな弱腰の彼らに、デリックは指を鳴らした。それが合図となり、格納庫の明かりが付き、照らされるのは新型の機動騎士だった。

海賊たちがどよめく。

照らされた中には、スーツ姿の好青年に見える男が立っていた。

「はじめまして第一兵器工場の販売員です。この度は、我が兵器工場のご利用、誠にありがとうございます」

兵器工場の販売員と名乗る男の登場に、海賊たちの視線はデリックに集まる。

「第一兵器工場から最新鋭の新型機を購入した。これはお前らへの手土産だ。リアムを殺した暁には、お前らの好きにしろ」

デリックは作戦の説明に入る。

「幼年学校のトーナメントだが、出場しても機動騎士を一体運び込めるだけだ。当日は、お前らが試合会場に大気圏から突入してリアムを囲んで叩《たた》く。邪魔者は気にするな。クラウディア家を監視している連中が、手を貸してくれるそうだ」

海賊の一人が、その話を聞いて怪しんでいた。

「そいつらは信用できるんですかい？」

「信じろ。二千年も一つの家を監視して苦しめている意地の悪い連中だ。嫌がらせは得意だろうさ」

クラウディア家をいたぶることに快感を得ている監視者たちにしてみれば、リアムとの婚約など認められなかった。

そのため、監視者たちはデリックに接触したようだ。

デリックは海賊たちを前に焦りを見せる。

「俺にはもう後がない。〝アレ〟も失ったからな。ここでリアムを殺さないと、俺にはファミリーでの居場所がなくなる」

バンフィールド家の領内で失った〝アレ〟を回収しようにも、バンフィールド家の軍隊が邪魔で探すことも出来ない。

「リアムさえいなくなれば、俺はまた前みたいに――」

デリックだが、幼年学校での生活がリアムによって大きく変化していた。リアムに怯《おび》え、第二校舎の敷地内から出られなくなってしまった。

それは、取り巻きの第二校舎の生徒たちも同様だ。

他の校舎に出向いて威張り散らすなど出来ない。

もしもリアムに見つかれば、自分たちの方が逃げるしかない。

好き勝手に暴れられたのも以前の話だ。

それがデリックには酷《ひど》く情けなく、プライドを傷つけられた気分だった。

「必ずリアムを殺せ。一人を新型機で囲んで叩くなら怖くもないだろ？　海賊狩りだろうと、たった一人で何が出来る？」

リアムが強いと知るデリックではあったが、囲んで叩けばどうにでもなると考えていた。

デリックはそう信じて、親指の爪を噛《か》む。

（そうだ。大丈夫だ。外見は海賊が使う機動騎士だが、中身は金のかかる新型機だからな。こいつでリアムの野郎をぶっ殺してやる！　専用機を出そうが、こっちは新型機を何百と用意したんだ。負けるはずがない）

◇　◆　◇　◆　◇

幼年学校の第一校舎。

その男子トイレで、クルトとウォーレスが話をしていた。

「僕？　今年は出場しないよ」

二人の話題は、トーナメントに関するものだ。トーナメントの時期がやって来ると、男子はその話題が自然と増える。

ウォーレスは、クルトも参加すると考えていたらしい。

「お前も免許皆伝持ちだろ？　実家が男爵家なんだから、専用機くらいあるんじゃないか？」

男爵家の跡取りであるクルトだが、トーナメントに参加するつもりはなかった。

「貧乏貴族が専用機なんて持たないよ。仮に専用機を持っていても、リアムには勝てないよ。レンタルした機体ならなおさらさ」

貧乏と聞いて、ウォーレスはクルトに同情する。

「お前の実家も大変なのか」

クルトは困ったような笑顔を見せる。

「これでも随分と楽になった方だよ。今はリアムから色々と支援も受けているからね」

エクスナー男爵家は、バンフィールド家からの支援を受けて少し裕福になっていた。ただし、それも以前と比べれば、の話だ。

全体的に見れば、まだ辺境の貧乏男爵家から脱していない。

クルトが専用機を持つという贅沢《ぜいたく》は、今のエクスナー家には難しい。

ウォーレスはトーナメントを心配している。

「なぁ、リアムの出場も止められないか？　バークリー家のデリックが仕掛けてくるなら、絶対にトーナメント中《や》だ。リアムは出場しない方がいい」

クルトはリアムに止めるように言っても、無理だと分かっているのでかぶりを振った。

「リアムは止めないだろうね。それに、以前にデリック先輩とは揉《も》めているからね。もしかしたら、本気かもしれないよ」

「相手は海賊貴族だぞ！　ファミリー以外のお仲間だって多い！　敵に回したら駄目な奴《やつ》だって、ちゃんと教えたのか？」

バークリーファミリーは海賊に顔が利き、悪い貴族たちにも友人が多い。それを教えられたクルトも、リアムを心配して何度か話をした。

「言ったよ。バークリー家は危険だと説明したけど、リアムが余計にやる気を見せたんだよ」

「私のパトロン、性格がぶっ飛びすぎじゃない!?」

ウォーレスは凄《すご》く悩んでいた。

「条件のいいパトロンは切り捨てられないし、かといってあいつは清廉潔白すぎるし。ちくしょう、私の人生はどうしてこんなにも困難が多いんだ」

ウォーレスは皇族に生まれたことを嘆き、そして自分のパトロンが巨悪に挑もうとしている事にも嘆く。

昔からちっとも楽にならないと愚痴をこぼし続けた。

◇　◆　◇　◆　◇

男子トイレの出入り口。

クルトとウォーレスが一緒にトイレに入ったと知ったエイラは、一人で悶々《もんもん》とした感情を抱いていた。

（くそ！　リアム君がいない隙を狙って、ウォーレスの腐れ外道がクルト君に近付くなんて！　こんなの絶対に許せない）

ウォーレスを嫌っているエイラだが、それには彼女なりの理由があった。

ナンパをしてきたとか、そんなことはどうでもよかった。

（リアクルの完璧なカップリングに割り込んで来やがって。お前のせいで妄想が捗《はかど》らないし、リアム君とクルト君がお前に寝取られる夢を見るし、もう散々よ！）

二人の間にウォーレスという余計な異物が入り込み、内心穏やかではいられなかった。

自分の妄想が捗らないという理由で、ウォーレスを嫌っていた。

（どうする。どうするのよ、私!?　このまま放置して、ウォーレスにクルト君が穢《けが》されてもいいの？　そんなの駄目！　寝取られとか絶対に許せない。ただでさえ、リアレスとかクルレスとか言い出す邪教徒がいるのに、大正義リアクルが崩れたら――私、生きていけない）

大げさなエイラが男子トイレ前で頭を抱えている姿に、他の生徒たちが困惑していた。

「あいつ何をしているんだ？」

「クルトとウォーレスを待っているんじゃない？」

「リアムがいないから寂しいんじゃないか？」

エイラを見るほかの生徒たちの視線が、どこか生暖かかった。

だが、本人は気にした様子がない。

（私は一体、どうすればいいのよ！）

ウォーレスの魔の手から、リアムとクルトを守るための戦いがエイラの中だけではじまろうとしていた。

◇　◆　◇　◆　◇

バンフィールド家の本星。

そこにあるリアムの屋敷に招かれたのは、クラウディア家の先代と現当主だった。ロゼッタの母と祖母である。

仕える使用人もいない彼女たちは、たった二人でリアムの屋敷に招かれる。

出迎えるのは、執事であるブライアンを筆頭にした使用人や騎士たちだ。

騎士たちは礼装での出迎えになっている。

バンフィールド家の本気がうかがえるのだが、クラウディア家の当主や先代の表情は暗かった。

ブライアンが笑顔で切り出す。

「お待ちしておりました。ですがその――お招きしたのはお二人なのですが？」

笑顔が消えて困惑するブライアンが見るのは、二人の後ろに控えている監視者たちだ。

さも当然のように乗り込んできている。

「我々はクラウディア家の護衛のようなものです。お気になさらずに」

そう言ってふてぶてしい態度を見せており、とても好意的に見えない。

「そうですか。では、こちらへ」

ブライアンが二人を応接間へと案内すると、監視者たちもついてこようとする。

それを見かねたセリーナが、ブライアンに提案する。

「ブライアン、私はあの役人たちの相手をするよ」

「セリーナがお相手をしてくれるなら助かります。ですが、よろしいのですか？」

「問題ないよ。邪魔者にはしばらく席を外してもらおうじゃないか」

最初は渋るブライアンも、そうしてくれるなら助かるとセリーナの提案を受け入れる。

「公爵様とご隠居の相手には、同性のセリーナにも同席して欲しかったのですけどね。それでは、そちらはお任せしますね」

ブライアンは、何としてでもこの婚約話をまとめようと気合を入れるのだった。

◇　◆　◇　◆　◇

応接間。

顔色の悪い先代が倒れそうになると、現当主がすぐに支えた。

ブライアンは、そんな先代を見て駆けよって容態を確認する。

「これはいけません。すぐに医者を呼びます」

そんなブライアンの申し出を先代は、首を横に振って拒否した。

どうやら以前から体調が優れないようだ。

「もう手遅れなのです。今はただ、孫娘のためにこの命を使いたくてここまで来ました」

過酷な環境で貧しい暮らしをしていた先代は、その体が弱り果てていた。

「ブライアン殿、婚約のお話は辞退させていただきたい」

そして、先代は体調の悪い体で深々と頭を下げる。

「な、何故《なぜ》です？　リアム様では駄目と言うのですか？　バンフィールド家の問題ですか？　リアム様は本気なのです。どうか、もう一度だけ考えていただけませんか？」

家か個人の問題か？　そう問いかけるブライアンに、先代は事情を話す。

「バンフィールド家のクラウディア家への温情は大変嬉《うれ》しい。ですが、そのせいでバンフィールド家が背負うのは借金だけではないのです。あの護衛と名乗る者を見て気が付きませんか？　彼らは、ただクラウディア家をいたぶるためだけに存在しています」

「何ですと？」

先代から監視者たちの話を聞くブライアンは、憤慨したのか顔を赤くする。

「何という非道な。そのような行いが、今日まで続くなど悪習ではありませんか」

不敬罪に取られる発言をするブライアンだが、それだけ怒りに震えていた。

当主がブライアンに頼み込む。バンフィールド家の執事ではあるが、公爵がわざわざ姿勢を正して頼み事をするなど異例だ。

公爵家など名ばかりというのが、その態度でよく分かる光景だった。

「せめて、リアム殿の遺伝子をいただきたい。クラウディア家が続くために、何卒《なにとぞ》よろしくお願いいたします」

クラウディア家の事情を知り、ブライアンは決意する。

(リアム様、この方たちを助けたかったのですね。昔からお優しいリアム様を、このブライアンは誇らしく思いますぞ。そんなリアム様に、益がないなどと言ったこのブライアンは自分を恥じます)

ブライアンはハンカチで涙を拭い、それから二人を見る。

「お断りいたします」

当主と先代が暗い表情になり、それも仕方ないと受け入れたような顔をする。

ブライアンは再度二人に頼み込む。

「リアム様の望みは、ロゼッタ様を奥方にお迎えすることです。このブライアン、そこは絶対に譲れません！　何卒、お考え直しくださいませ」

二人はブライアンの気持ちを嬉しく思っているようだが、余計にそれが自分たちに関わるべきではないと思わせるようだ。

先代が首を横に振る。

「それは駄目なのです。バンフィールド家にも迷惑がかかります。それに、監視者たちに理屈など通らない。二千年も続いた彼らの仕事には、歴史という重みまで加わっているのです」

今は亡き皇帝の命令。

それを盾に監視者たちは二千年も好き放題にやってきた。

そこまで続くと、誰もが思うのだ。

――これは仕方がないことだ、と。

ブライアンはしつこく交渉を続ける。

「そのようなことに負けるリアム様ではありません。それに、帝国の許可は得ていますぞ。

公爵家の莫大《ばくだい》な借金も、バンフィールド家が背負うのです。公爵家の方々は、これでも不満と仰《おっしゃ》いますか！」

心が折れてしまっている二人に、ブライアンの言葉は届かない。また、どこかで裏切られるのだ――そんな風に考えているようだ。

ロゼッタと同じように、心が折られていた。

それでも、ブライアンはリアムのために必死に説得を続ける。

◇　◆　◇　◆　◇

別室では監視者たちをセリーナがもてなしていた。

監視者たちに、セリーナは堂々と向かい合っていた。

「既に婚約の許可は得ています。これ以上、何が問題だと言うのですか？」

テーブルに足をかけてソファーに座る不遜な態度の監視者たちは、帝国から許可を得ている話など気にもしていなかった。

「そんなことは関係ない。これは亡き皇帝陛下のご命令ですよ。たとえ、役職を奪われたとしても、我々はこの仕事に誇りを持っていますからね。今度はバンフィールド家を監視するだけです」

それはつまり、今度のターゲットはバンフィールド家だと言っているようなものだった。

「バンフィールド家に敵対すると？」

　監視者はそれを聞いて笑う。

「そもそも、結婚など無理なのだよ。リアム殿はやりすぎた。帝国の闇は、彼を飲み込んでしまうだろうな。若造一人が、どうこうできる程に帝国は容易《たやす》くない。我々の存在もそんな深い闇の一部ですからね」

　自分たちを帝国の闇とのたまう監視者たちに、セリーナが目を細めた。

「リアム様に手を出して、ただで済むとお思いですか？」

「しょせんは多少強いだけのガキ一人だ。残念だが、その程度は怖くもない。脅すつもりなら、もっと言葉を覚えた方がいい」

　セリーナは監視者たちの態度を見て、内心で宰相に同情する。

（宰相が苦労するはずね。自分たちを帝国の闇とは、思い上がりも甚だしい）

　そう思うセリーナの影が――少しだけ蠢《うごめ》いた。

　赤い目が二つ。バンフィールド家の屋敷で堂々とリアムを馬鹿にする監視者たちを見ている。

第六話　機動騎士トーナメント

三年生も終わりが見えて来た頃。

機動騎士によるトーナメントが行われる季節がやって来た。

このトーナメントだが、帝国内では人気もあってマスコミも来ている。

観戦するために金持ちたちも集まるのは、将来を担う若者たちを応援する――のではなく、ただの娯楽だ。

子供の出し物を見る感覚に近いのだろう。

参加者として格納庫で待機している俺は、地上用に改修が進められているアヴィドを前にしていた。

改修したアヴィドに改と付けるならば、今の姿は――アヴィド改・重陸戦仕様と言ったところだろうか？

アームに固定された左右のシールドには、下部にワイヤー付きのクローがついている。

発射して敵を摑《つか》んでもいいし、握り潰してもいい武器だ。

そんなクローにはパイルバンカーまで用意されており、浪漫《ロマン》あふれる武装になっている。

地上戦仕様への変更は、他にも足回りだろう。

ホバー移動用のユニットが取り付けられて、全体的にがっしりした印象を受ける。

他にも背面にアームが一本追加されていた。

機材が運び込まれ、整備兵たちが大急ぎで換装や点検を行っている。

アヴィドの隣には、希少金属のあまりで用意した大きな実体剣が用意されていた。

先端は角張った形で、細長い長方形型の大剣だ。柄《つか》は伸縮可能らしく、全長はアヴィドを超えている。

無骨な金属の塊だが、男の子の心をくすぐる武器に仕上がっていた。

「地上専用のアヴィドも素晴らしいな」

側《そば》に控えているマリーは、俺のヘルメットを両手で持っていた。

優秀な騎士に俺の荷物持ちをやらせているわけだが、本人は嫌がるどころか進んで雑用をしていた。

「リアム様の駆るアヴィドの戦いを間近で見られることに、このマリーは嬉しさで震えておりますわ」

「それはよかったな」

「はい！　マリーは果報者です！」

本当に嬉しそうに頬を染めてお世辞を言ってくるところは可愛《かわい》いが、今の俺が求めているのはこんな対応ではない。

すると、そんな俺たちの横を通り過ぎる女が一人。

パイロットスーツに着替えたロゼッタだった。

スタイルに自信でもあるのか、パイロットスーツは体のラインがよく出ているものを選んでいた。おかげで、ロゼッタには男子たちの視線が集まっている。

もっとお淑《しと》やかな女かと思ったが、どうやら少し派手なようだ。

パイロットスーツで露出は少ないはずなのに、どうにも卑猥《ひわい》に見えてくる。

ロゼッタは獣のような男子たちの視線の中で、涼しい顔をしていた。

有象無象には興味もないと言う顔だ。

ロゼッタが俺を無視して通り過ぎようとするため、声をかけて止めてやる。

「よう、ロゼッタ。お前も出場するのか？」

「そうよ」

素っ気ない返事をするとロゼッタは立ち止まり、この俺をとても冷たい目で見てくる。

俺がクラウディア公爵家に婚約話を持ちかけたのは知っているはずだから、きっと軽蔑しているのだろう。

「婚約者に冷たいじゃないか。もっと愛想良くしろよ。ロゼッタちゃん」

まだ正式に決まっていないが、馴《な》れ馴《な》れしい態度でロゼッタに近付く。

今の俺はきっと物語に出てくる嫌な奴《やつ》だろう。

「興味がないわ」

ただ、そんな俺を軽くあしらうロゼッタは、すぐに歩き去って行く。

本当に気が強い女だ。――屈服させ甲斐《がい》があるというものだ。

それにしても、隣にいるマリーは今日に限って大人しい。

ロゼッタの失礼な態度をマリーは見ているだけだった。

ニアスの時のように剣を抜くかと心配したが、どうやら時と場所は弁《わきま》えているらしい。

「可愛いな。そう思わないか、マリー？」

ロゼッタの態度を面白がる俺に、マリーは同じ女性でありながら肯定する。

「リアム様の言うとおりでございますわ」

こいつは俺を全肯定するイエスマン。――違った、イエスウーマン？　まぁ、そんな奴だ。

それ自体は俺が求めているものだが、今はロゼッタのような嫌がる素振りも欲しい。

女が嫌うような態度を取ったのだから、もっと「先程の態度はいかがなものかと」なんて言われたかった。

だが、これが天城《あまぎ》だったら駄目だ。天城に軽蔑されると立ち直るのに時間がかかる。

俺は天城に軽蔑される姿を想像し、ちょっとだけ真面目にやろうと気分を変えた。

トーナメントの対戦相手を確認するとしよう。

「一回戦の相手は誰だ？」

マリーに問う。

本来なら自分で調べるべきだが、俺は偉いからそんなことはしない。

このような雑事は全て、下に任せればいい。

マリーはすぐに答えようとするが、名前を見て声のトーンが下がる。

「ロゼッタ様です」

神妙な顔付きで呟《つぶや》くマリーだが、俺はそれを聞いて喜ぶ。

「俺は運が良い。そう思わないか、マリー？　いきなりロゼッタとの対戦だ。これも運命かもしれないな」

一回戦から、高慢ちきな女を叩《たた》きのめすことが出来る。

簡単に折れてくれるなよ、ロゼッタ。

「はい。リアム様は幸運の女神に愛されているお方ですから」

俺の冗談に真面目に返してくるマリーを見て思う。

やっぱり物足りないな、と。

◇　◆　◇　◆　◇

コロシアムのような場所で試合を楽しむ観客たちだが、実際に機動騎士同士が戦うのは遠く離れた場所だ。

間近で機動騎士の戦いを見るなど危険すぎるため、試合会場と観客席は遠く離れていた。

また、機動騎士を使ったこのトーナメントには、もう一つの意味がある。

貴族たちからすると、この幼年学校のトーナメントは見世物であるのと同時に大事な試金石だった。

どこの跡取りは強く育っているとか、あの家は育て方を間違えたなど。実際に目で確認が出来る場所でもある。

そういった意味で、デリックは多くの貴族に醜態をさらしていた。

試合相手を買収し、脅し、実力もないのに優勝を経験すること二回。

優勝していい気になっているデリックだが、裏では「ろくでもない奴」と嘲笑されていた。

そんなデリックがいる間は、まともな試合にならないだろうと誰もが思っていた。

今もデリックが機動騎士を使用して戦っているが、酷《ひど》いものだ。

明らかに相手が手加減をしている。

それを見て、クルトは苦々しい顔で呟く。

「酷い試合だな」

観客席には、クルトとウォーレスがエイラを挟む並びで座っていた。迫力ある巨大な立体映像を前に観客である幼年学校の生徒たちが盛り上がりを見せていた。

「やったぁ！　今回は手堅く勝ちにいかせてもらうぞ！」

ウォーレスもその中の一人であり、今回はデリックに賭けている。

何もなければ、間違いなくデリックが優勝するだろうと考えているからだ。

そんなウォーレスを、嫌悪感丸出しのエイラがドン引きした顔で見ていた。

「リアム君のお金でデリックに賭けるなんて、ウォーレスは最低よね」

「悪いな、エイラ。私も勝ちたいのだよ。そもそも、デリック以外がやる気を見せていないじゃないか」

実際にウォーレスの言う通りだった。デリックが出ない試合は実力をぶつけ合うが、デリックが出てくると途端に対戦相手が手を抜いてしまう。

そんなデリックの機動騎士だが、見た目重視の機体ではないとクルトは見抜いていた。

「機動騎士も贅沢《ぜいたく》な専用機だからね。最新機じゃないかな？　腕はともかく、機体性能は他より数段上になる。普通に戦っても勝てないんじゃないかな？」

デリックの乗る機動騎士は、まだ正規軍にも配備されていないような新型だった。そこにゴテゴテと飾りを盛り付けているため、元の形が想像できなくなっている。

肩をすくめたエイラは、そんなデリックを情けないと評する。

「新型まで持ち出したのに、相手を買収するとかどうなのかな？　普通にやっても勝てると思うけど、本人はそんなに弱いの？」

ウォーレスは、そんなエイラの物言いにビクビクしていた。

「他の奴らに聞かれたら面倒になるぞ。君は本当に怖いもの知らずのようだね。だが、どこの新型だろうな？　兵器工場はいくつもあるが、人気となれば第三かな？」

そんな会話をしている三人の近くには、機動騎士のトーナメントを見学に来た兵器工場の関係者たちがいた。

三人の後ろの席にいて、ウォーレスの疑問に答えるのはニアスである。

「第一兵器工場の機体ですね。首都星に工場を持つからと、他の工場から技術を奪って無理矢理作った品のない機体ですよ」

三人が驚いて後ろを振り向けば、ニアスが手を振って「お久しぶりですね、お二人とも」と笑顔を見せる。

ただ、デリックの機体への評価は酷い。

「まぁ、新型機ではありますが、性能より見栄えを重視した機体ですね。私もデータは拝見しましたが、バランスが悪くて駄目ですね。私なら絶対にあんな設計はしません。人が開発した技術を継《つ》ぎ接《は》ぎして作るから、あんな不格好な機体に仕上がるんです」

散々な説明から、ニアスが随分と不満を持っているのがうかがえた。

クルトたちが反応に困っていると、ウォーレスが席を立って振り返ってニアスに顔を近付ける。

「ちょっと待て。リアムは本当に勝てるのか？　リアムの機体は旧式だと聞いているぞ」

デリックの操縦技術が低かろうと、最新の機動騎士の性能は脅威だ。

リアムの乗るアヴィドは、旧式の機動騎士を改造したものと聞いているウォーレスは不安に思ったのだろう。

ニアスはウォーレスの質問に対して、愚問と言いたげに微笑する。

「結果は決まっているようなものですよ。まともに戦えば、アヴィドが負けることはありません」

しかし、すぐに表情を真剣なものに変えた。視線の先にいるのは、デリックの機体を開発した第一兵器工場の関係者たちだ。

彼らは、観客席にいる他の兵器工場の関係者たちからも睨《にら》まれている。

第一兵器工場の関係者たちは、他の兵器工場から恨みを買っているらしい。

「——相手がまともに戦えば、ですけどね」

兵器工場からしてみれば、このトーナメントで自分たちの開発した機体が出場するのはいい宣伝にもなる。

ニアスたち第七兵器工場の関係者たちもリアムのアヴィドに期待しているが、それはデリックに新型機を提供した第一兵器工場の関係者たちも同じだ。

闘技場が次の試合映像を中継すると、ウォーレスが憐《あわ》れむ表情を見せる。

「見ていて可哀想《かわいそう》になるな」

次の試合はリアムが登場するのだが、その対戦相手は幼年学校からレンタルした練習機に乗り込むロゼッタだ。

修理跡も目立つ機動騎士は、壊れる一歩手前の状態に見える。

ニアスはロゼッタの乗る機動騎士が、限界に近いのを即座に見抜く。

「あの機体は限界を超えていますね。搭乗者は危険ですよ」

クルトが次に出てきたリアムに反応を示す。

「これは酷いですね。あ！　リアムが登場しましたよ！」

リアムの登場に笑顔になるクルトを見て、エイラは何故《なぜ》か微笑《ほほえ》んでいた。

「もう、クルト君ってばはしゃぎすぎ」

「ご、ごめん」

ウォーレスが隣で「クルト、お前はリアム好きすぎじゃない？」と言っていた。

◇　◆　◇　◆　◇

アヴィドで試合会場へと降り立った。

試合会場と言っても、幼年学校のある惑星の荒廃した大地である。

何度も試合で使用され、周囲は荒れ放題になっていた。

それにしても、観客席と実際の試合会場の距離が離れすぎている。

前世でたとえるならば――学校や観客席は日本にあるのに、試合会場はオーストラリアとか海外にある距離感だ。

遠すぎる！

「星間国家はスケールが違いすぎて困るな」

アヴィドのコックピット内は、空間魔法が使用されて十分な広さが確保されている。高級感のあるシートの座り心地は最高だ。

贅沢に作られたコックピットは、非常に快適だった。

この辺りは以前と変わらないが、材質が変更されて機能なども追加されている。

生まれ変わったアヴィドの出力に満足しつつ、俺は対戦相手へと視線を向ける。モニターの向こう側にいるロゼッタを見た。

「初戦がお前とは、本当に運命的だと思わないか？」

目の前にいる対戦相手のロゼッタは、今にも壊れそうな旧式の機動騎士に乗っていた。

審判の試合開始前の口上が聞こえてくるが、耳に入ってこない。

俺が見ているのはロゼッタだけだ。

空中に投影されるモニターには、相手のコックピットの映像が映し出されている。そこに映るロゼッタは、俯《うつむ》いていた顔を上げると俺を睨み付けてきた。

その顔は憎悪が滲《にじ》み出て――俺はゾクゾクした。

ロゼッタは狭くて汚いコックピットのシートに座り、俺に敵意を向けてくる。

俺の乗っている機体はアヴィドだ。

これでもかと予算と希少金属を使用した超強い機体だ。

見た目からして圧倒的な差があるのに、幼年学校の成績も俺の方がはるか上ときている。

実力、機体の性能。全て、天と地ほどの差が開いている。

最初から勝負は付いているのに、まだ諦めていないロゼッタには称賛を送りたい。

まぁ、どうやっても俺に負けるだろうし――それに、ロゼッタのその高潔で折れない鋼の心も今日で叩き折らせてもらう。

既に仕込みは終わっているからな。

「ロゼッタ。棄権しないで出て来たことは褒めてやる。手加減してくださいと泣いて頼めば、優しく倒してやるぞ」

俺の安い挑発に、ロゼッタは期待通りに応えてくれる。

『――さい』

「何だって？　聞こえなかったから、もう一度言ってくれないか？」

嘘《うそ》だ。実は聞こえていたが、もう一度聞きたかった。

『五月蠅《うるさ》い！　お前なんかに負けるものか！　実戦なら、わたくしにだってチャンスがあるわ！』

お前は本当に度し難く、そして可愛《かわい》い奴《やつ》だよ。

普段勝てないのに、実戦ならチャンスがあると思う心の強さに感心する。確かに、世の中に絶対などないからな。お前が勝つ可能性もあるだろうさ。

「いい事を教えてやる。現実っていうのは常に強者に微笑むのさ。負けを認めて俺に尻尾を振るなら、可愛がってやるぞ」

『舐《な》めるな！』

試合の開始が告げられると、ロゼッタの乗る機動騎士が向かってくる。

下手くそな操縦で、俺に向かってくるその姿は笑えてくる。

不格好にフラフラと向かってくるロゼッタの機動騎士が挑むのは、改修が終わり強化されたアヴィドだ。

ロゼッタにしてみれば、何とも理不尽な展開ではないか。

「お前は俺に勝てないが、その強い心だけは認めてやるよ。俺はお前を――必ず手に入れてやるからな！」

◇　◆　◇　◆　◇

目の前の機体に勝てないと、ロゼッタも気付いていた。

リアムの乗る機動騎士は、ロゼッタが乗るレンタルした機動騎士とは格が違った。

自分の機体が踏み込んで剣を振るえば、リアムのアヴィドは大きさに反して軽い足取りで避ける。

本気ではないリアムは、アヴィドに武器すら持たせていない。

背中にアームで固定した大剣は、抜こうともしていない。

「この！　この！」

アシスト機能もほとんど動いていない旧式の機体を動かし、ロゼッタはアヴィドに斬りかかる。

ロゼッタの乗る機動騎士が、不格好な動きで大地を踏みしめる。その度に機体が嫌な音を立てるし、コックピットにも振動が伝わってくる。

対してアヴィドが地面を踏みしめれば、その動きは優雅で音が少ない。アヴィドほど大きな機体が、地面を踏みしめた音も振動も出していない。

あまりの性能差に、同じ機動騎士とは思えなかった。

「いったいどれだけお金をかければ、そんな機体が出来るのよ！」

泣きそうになるロゼッタは、必死に我慢する。

せめて、一太刀だけでも当ててやると斬りかかるが、アヴィドは嘲笑《あざわら》うかのようにマニピュレーターで受け止めてしまった。

指先で挟むように、実体剣を受け止めてしまう。

本来なら繊細な動きを再現する機動騎士の手で、そんな事をすれば簡単に壊れてしまう。

だが、アヴィドの手は壊れない。

それどころか、剣を指先の力だけで粉々に砕いてしまった。

『まるでガラス細工の剣だな。脆《もろ》すぎる』

確かに質の悪い剣だろうが、こんなに簡単に砕けるようなものでもない。アヴィドの性能も凄《すさ》まじいが、それを乗りこなすリアムの操縦技術が卓越していた。

ロゼッタが勝てる要素は一つもなかった。

アヴィドはわざとロゼッタに攻撃をさせて、それを軽くあしらい遊んでいる。

馬鹿にされているロゼッタは、悔しくてたまらなかった。

「そうやって見下して！　お前なんかに負けない！」

ロゼッタは、リアムが羨ましかった。

貴族はこうあるべきという姿を体現し、何よりも強い。

自信に満ちあふれている姿に憧れる。

自分もそうありたかったと、激しい憧れを抱く。

だが、そうなれない自分が惨めで——今までは認めたくなかった。

「うわぁぁぁ！」

踏み込み、武器を失ったためにタックルをするが、アヴィドはいつの間にかレーザーブレードを抜いていた。

「——う、嘘？」

直後、機体の各部を映すモニターが赤く染まる。ロゼッタが気付いた時には、機動騎士の手足が斬り飛ばされていた。

地面に倒れ、一回転して仰向《あおむ》けになる。

コックピット内は激しく揺れ動いた。

「うぐっ！」

止まったと思えば、今度はアヴィドがロゼッタの機動騎士を踏みつける。

コックピット内からアヴィドを見上げると、モニターがいくつも消えていた。生きているモニターが、圧倒的なアヴィドを映し出す。

黒色の機体は威圧感を放ち、ロゼッタには怖く見えていた。

ロゼッタは現実に打ちのめされる。

（どうやっても勝てないし、わたくしでは届かない）

心が完全に折れしまった。

ロゼッタは笑うと涙を流し、そして笑い続ける。

「あは、あははは――!!」

◇　◆　◇　◆　◇

観客席では、アヴィドの動きを見ていたクルトが驚愕《きょうがく》して目を大きく見開いていた。

「何て性能だ。デタラメすぎる」

周囲の生徒たちはリアムの乗る機体が凄《すご》いとは理解していても、どれだけ凄いのかを正確に把握していなかった。

逆に、兵器工場の関係者たちの表情は様々だ。

興味に瞳を輝かせる者もいれば、理解できないと青ざめた顔をしている者もいる。

ニアスなど、クルトたちの後ろの席から黄色い声援を送っていた。

「いいわよ、アヴィドちゃん！　見せつけて。その性能を見せつけてやって！」

ニアスが苦労して改修したアヴィドの動きは、クルトのようなパイロットとして一定の

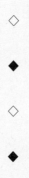

技量がある人間や、開発に関わる人間から見て異常だった。

大地を踏みしめても地面が沈まず、音も静かすぎる。

金属の塊とは思えない滑らかな動きを見せている。

クルトの隣に座っているエイラが、ロゼッタに同情的になっていた。

「これは酷《ひど》すぎるよね。最初から勝ち目がないよ」

実力差は明らかだった。

ウォーレスは、何となくリアムが思っていたより強くて安堵《あんど》した顔をしている。

「私のパトロンって強かったんだな。これなら、デリックに殺されることもないか？」

クルトは一人、口元に手を当ててアヴィドの姿を凝視していた。

「以前よりも性能が格段に向上しているね。素材が変わっただけじゃない。出力もかなり上がっているはずだ。そんな機体をアシスト機能なしで操縦するなんて」

凄まじい機体だから強い――とは限らない。

そんな機体を問題なく操縦するリアムがいて、初めてアヴィドは真の性能を発揮できている。

これが並のパイロットであれば、まともに動かすことも出来ない欠陥機だ。

「よくあれだけ、難しい機体を手足のように扱える」

クルトは周囲がアヴィドの性能にばかり目を向ける中、リアムの技量に驚嘆していた。

アヴィドがロゼッタの乗る機動騎士の胴体を持ち上げ、そのまま指先でコックピットを器用にこじ開けてきた。

◇◆◇◆◇

ハッチが開かれ、外の景色が見えると風が入り込んでロゼッタの長い髪が揺れる。外へと出ると、リアムもコックピットから出てこちらを見ていた。

（土下座でもして謝罪でもしようかしら？　媚《こび》を売ればお金を少しくれるといいわね。レンタルした機体を壊したから、また借金の取り立てが厳しくなるだろうし）

折れてしまったロゼッタは、プライドを捨ててリアムに泣きつこうかと考えはじめる。

だが――途中で笑顔を消して涙を拭う。

（いえ、いっそ、こんなクラウディア家はわたくしの代で滅ぼすべきよ。わたくしの子供に同じような運命は背負わせない。これがわたくしに出来る、唯一の反抗よ）

顔を引き締め、笑いながら見下してくるリアムを睨《にら》み付ける。

位置的にロゼッタの方が低く、見上げる形になっていた。

先に口を開いたのはリアムだ。

「随分と無様だな、ロゼッタ」

ロゼッタはリアムに対して、精一杯強がって見せる。

「随分と乱暴なのね。それより、優等生が女子をいたぶって楽しそうにしていいのかしら？　貴方《あなた》の本性が知られてしまうわよ」

強気なロゼッタに、リアムは怒るどころか喜んでいた。

「お前に俺の何が分かる？　だが、これで諦めもついただろう？　俺のものになれ。そうすれば、俺がお前を救ってやる」

ロゼッタはそれを聞いて思ったのは「救えるものなら救って見せろ」だ。莫大《ばくだい》な借金と、皇帝に逆らったという汚名——そのために長年苦しめられた自分たちを救えるなら、やってもらいたいくらいだ。そこまでしてくれれば、本気で惚《ほ》れてもいいとすら思っていた。

だが、リアムにここまで言われたことに、ロゼッタは少しだけ嬉《うれ》しく思う。

(本当に偉そうね。でも、わたくしが告白されるなんて思ってもいなかったわ。けれど)

「嫌よ」

即答するロゼッタに、リアムの笑みが消えた。ここまでされたのに拒否すれば、リアムの顔に泥を塗ったことになる。

きっと激怒しているのだろうと思いながら、ロゼッタは虚勢を張る。

「わたくしは確かに負けたわ。けれど、わたくしの心までは屈しないわ！　殺すなら殺しなさい！　貴方に下げる頭はないの。わたくしはクラウディア——ロゼッタ・セレ・クラウディアよ！」

試合に参加する場合、死亡する危険があることを説明される。

そして、死んでも事故扱いという書類にサインもした。

これを利用して、敵対する家の関係者を排除する輩《やから》も希《まれ》にいる。

今のロゼッタは、リアムに生殺与奪の権を握られているのと同じだ。

それでも強がったのは──最後の意地を見せたかったから。

（お母様、お婆様《ばあさま》。お許しください。もう、これしか方法がないのです。わたくしたちが救われる道は他にありません。でも──せめて人並みの幸せが欲しかった）

贅沢《ぜいたく》は言わない。

夫がいて、慎《つつ》ましく暮らせればよかった。

本当はロゼッタも、出世するよりそんな幸せを手に入れたかった。

だが、自分には手の届かない望みと理解している。

ロゼッタは目を閉じる。

（もしも次の人生があるのなら、好きな人と結婚する夢は叶《かな》えたいわね。ウェディングドレスは着てみたかったな。お母様とお婆様を安心させて──二人には笑顔で──）

公爵家の扱いや、監視者たちの存在を思い出す。

ロゼッタは、何もかもが叶わぬ夢だと受け入れて最期の瞬間を待った。

激怒したリアムが自分の人生を終わらせてくれればいい。

そうでなくとも、自分で幕を引こうと──。だが、何時《いつ》まで待っても終わりが来ない。

ロゼッタが目を開けて見上げれば、リアムは微笑していた。

「お前は強いな」

「え？」

先程までの醜悪な笑みとは違い、本当に見惚《みと》れるような素敵な笑顔だった。

ロゼッタは自分が虚勢を張ったのを見抜かれたと思った。だが、そんな自分にリアムは温かい視線を向けている。嘲ることなく、優しく微笑《ほほえ》みかけていた。

リアムが言う。

「お前の頑張りは認めるが、もうここまでだ」

いったい何が終わるというのか？　ロゼッタは何故《なぜ》か、リアムに期待する自分がいることに気付く。

(駄目。期待したら駄目。今までに何度も期待して、裏切られてきたじゃない。いくらリアムでも、わたくしたちを救うなんて出来ない。夢なんて見たら――裏切られた時に辛《つら》いだけだって分かっているのに)

頭では期待したくないと思いながら、何故か心はリアムに期待していた。

◇　◆　◇　◆　◇

ロゼッタ、お前は本当に素晴らしい逸材だ。

リアルで「くっころ」を聞かせてくれてありがとう。

新田《にった》君が「くっころ」について熱く語ってくれていたが、こういうことだったのかとやっと理解できた。

俺も「くっころ」の良さを理解できたよ、新田君！

そして、折れないお前の精神にも脱帽した。

だが、残念な事に全てはもう手遅れなのさ。

『リアム様、やりましたぞ！　このブライアン、お二人を説得できましたぞ！　クラウディア家との婚約が成立いたしました！』

「いい仕事をするじゃないか、ブライアン。最高のタイミングだったよ」

タイミングよく、ブライアンから報告が届いた。

これも日頃の行いがいいからだろう。

いいや、悪いから、か？　もしかしたら、案内人が裏で根回しをしてくれたのかもしれない。

本当にあいつには頭が下がる思いだ。

今度お礼をしなければならないが、一体何をすればお礼になるのだろうか？　とりあえず、今日も欠かさずあいつには感謝の気持ちを祈っておこう。

さて——その前に、ロゼッタを地獄へと叩《たた》き落としてやるとしようか。

「ロゼッタ、お前にいい知らせを届けてやれそうだ」

「な、何かしら？」

気丈に振る舞うロゼッタを見て、俺は自然と笑みがこぼれてしまう。

「お前と俺の婚約が正式に決まった。お前のお袋さんである公爵が認めてくれたよ。おめでとう、ロゼッタ――お前はこの瞬間から、俺の婚約者だ」

「な、何ですって？」

ロゼッタの信じられないという驚いた顔を見て、俺はやってやったと思った。

心の中でガッツポーズをする。

信じていた家族に裏切られるのは辛いよなぁ！

「四年生の長期休暇は一緒にバンフィールド領に戻ろう。お前にはすぐに代替わりをして公爵になってもらう。だがすぐに、お前の爵位は俺がもらうけどな。お前も、そしてお前の爵位も――いや、お前の全てが俺のものだ」

ロゼッタが悔しさに震えていた。

「全て――全てって本気なの？　あ、あり得ない。そんなの絶対にあり得ないわ!?」

「それがあり得るのさ！　何一つ残さず奪わせてもらった。どうだ、嬉しいだろう？」

「そ、そんな――どうしてそんなことが出来るのよ。どうして――」

狼狽《ろうばい》するロゼッタは、頭を抱えてうずくまり現実が受け入れられないようだった。

だから、これが現実だと教えてやる。

「目をそらすな。これがお前の逃げられない現実だ」

「っ!?」

悔しいだろうな。なにしろ、心の拠《よ》り所《どころ》だった家族だけではなく、大事な公爵という立場まで俺に奪われるのだから。

前世の俺も辛かったぞ。

家族を失うだけじゃない。裏切られていたと知った時は本当に辛かった。

俺もお前の苦しみはよく理解できる。

でも、俺はお前を踏みにじるけどな！　今の俺は奪われる側ではない。

――もう奪う側なのだから。

追い打ちをかけるために、俺はロゼッタに逃げ場がないことを懇切丁寧に教えてやる。

「帝国からは婚姻を認める許可も出た。嬉しいだろう？　お前がいくら拒否しようが、お前の家族や国は俺を認めたぞ。そして、お前の帰る家はもうない。お前の故郷は、めでたく帝国に召し上げられたそうだ」

「え、あ、そ、そんな。どうして？」

ロゼッタは驚きのあまり、声がうまく出ていなかった。

家族を人質に取られ、故郷までも失った可哀想《かわいそう》なロゼッタに教えてやる。

「喜べロゼッタ。お前が俺の妻になるのを邪魔するものは何もない。そう、何もない！」

誰も助けてくれないと教えてやれば、ロゼッタが涙を流した。

ボロボロと涙をこぼし、何か言っているが聞き取れなかった。

ロゼッタの心を折ってやったという達成感と一緒に、何故か痛みを覚える。

前世の俺も相手にこう見られていたのだろうか？

少しばかり胸が痛むが、こんなの過去を思い出したからに過ぎない。

俺はマリーに連絡を取る。

「マリー、ロゼッタを見張れ。何かあればお前が対処しろ」

命令すると、マリーが忠犬のように喜ぶ。

『はっ！　全てこのマリーにお任せください』

泣きわめいているロゼッタに背中を向けて、俺はコックピットへと戻る。

「さて、次の試合は誰かな」

◇　◆　◇　◆　◇

一方的な試合が終わった。

ウォーレスは、泣いているロゼッタの姿を見て複雑そうな表情をする。

映像は見ていたが、音声までは届いていなかった。

だから、二人の間に何が起きたのかを観客たちは知らない。

「あのロゼッタをここまで泣かせるとか、リアムは鬼だな」

クルトとエイラに話を振るが、興奮しているのか二人とも聞いていなかった。

「リアムはかなり腕を上げたね。僕も強くなったつもりだけど、また差を開けられてしまったよ。もっと頑張らないとね」

「クルト君の目標はリアム君だね。もう、二人は友人で、ライバルで——特別な関係？」

「そうだね。そうなれるといいね」

「なれるよ！　クルト君ならきっとなれる！」

「そ、そうかな？」

特別な関係と聞いて照れるクルトを見て、エイラは微笑んでいる。

（こいつら仲が良いな。でも、何か少し違和感を覚えるのは私の気のせいだろうか？）

盛り上がる二人を余所《よそ》に、ウォーレスは興味を次の試合へと向ける。

「詳しい話は後でリアムに聞くとして、次の試合って誰が出るんだっけ？」

のんきに対戦表を確認しようとすれば、様子がおかしいことに気付いたニアスが眼鏡の位置を正して真剣な顔を見せる。

先程までアヴィドの活躍にはしゃいでいたのに、別人のような顔をしている。

「モニターにノイズ？　何か変ですね」

立体映像のノイズが、徐々に酷《ひど》くなっていく。

そして、リアムのアヴィドに近付く複数の機体を確認した。

すぐにニアスが敵の機体から、どこの兵器かを割り出す。

「海賊？　いえ、第一兵器工場の新型機ですね。外見を変更しているだけのようです」

外見は海賊を装っているが、中身は新型機だとニアスが気付く。

ウォーレスがそれを聞いて、誰の仕業か気付く。

「ま、まずい！　デリックはリアムをここで殺すつもりだ！」

青い顔をして危険を訴えるウォーレスだったが、立体映像は消えてしまい何も映さなくなってしまった。

試合会場で何が起きているのか、観客たちには知る事が出来なくなってしまう。

第七話 海賊狩りと海賊騎士

リアムとロゼッタの試合が終わると、格納庫では出迎えの準備に追われていた。

バンフィールド家の関係者が、慌ただしく走り回っている。

「ロゼッタ様がご到着なさいました！」

武装を外した作業用の機動騎士が、破壊されたロゼッタの機動騎士を運んでくる。ロゼッタの機体が運び込まれると、この場を仕切っていたマリーが周囲に指示を出す。

「クラウディア家のご令嬢は、リアム様の正室になられるお方よ。粗相があってはリアム様の顔に泥を塗ることになるのを忘れないように」

その後、ロゼッタを乗せた小型艇が格納庫へと到着する。

昇降口に赤い絨毯《じゅうたん》が用意され、かき集めた侍女や騎士たちが整列する。

だが、急な対応のために私語が多い。

「おい、医者が先じゃないか？」

「奥で待機させている」

「き、着替えだ！　着替えを用意させろ！」

騒がしい格納庫で、マリーが一喝する。

「はしゃぐな、馬鹿共！　これ以上騒いだら殺すわよ」

静まりかえると、小型艇のハッチが開いて階段が出てくる。

泣き腫らした目で弱々しいロゼッタが、両脇を女性騎士に支えられて現れる。

騎士、兵士、そして侍女たちが整列し、騎士は剣を抜いて剣礼を行った。

兵士たちは敬礼し、侍女たちはカーテシーをして出迎える。

リアムの正室となれば、この場にいる全員にとって特別な存在だ。

最大限の敬意を持って出迎えられるロゼッタは、その様子に困惑しているようだ。

そんなロゼッタの前に歩み出たマリーは、膝をついて頭を垂れた。

「我らバンフィールド家の家臣一同、ロゼッタ様を心よりお待ちしておりました」

頭を下げるマリーは、戸惑うロゼッタの姿にかつての親友の姿を見ていた。あの子の血を引いた子孫とこうして出会えたと、心の中で安堵《あんど》する。

――ロゼッタは、かつて救えなかった親友の血を引く娘だった。

(まさか、こうして時を超えて出会えるとは思わなかったわね。クラウディア家は、よく二千年も耐え抜いてくれたわ。今度こそは、あたくしが守ってみせる)

石化された自分たちとは違う責め苦に耐えた。

マリーの中で、ロゼッタは同じ苦労を背負った仲間のような存在だ。

そして、親友の血を引く大事な娘でもある。

二千年も前に守れなかった親友の子孫を、今度こそは守り抜くと心に誓う。

マリーは優しい微笑《ほほえ》みを浮かべていた。

「まずは念のために治療を受けましょう。精密検査をしていただきます」

（リアム様は運が良いと言われたが、確かにこれは運が良い。リアム様以外と戦っていれば、怪我《けが》をしていたでしょうね）

外傷のないロゼッタを見て、マリーは安堵した。

リアムがロゼッタを気遣った試合をしたのだと察し、無事にこうして迎えられたことに感謝する。

すぐに奥へと連れて行こうとするが、ロゼッタはこのような状況になれていない。どうすればいいのか、戸惑いを見せている。

事前にロゼッタの情報を得ているマリーは、助言をするために立ち上がった。

ロゼッタに優しく微笑みかける。

「怯《おび》える必要はございませんわ。ここにいる者たちは、全員がリアム様の家来です。お前たち、ロゼッタ様をご案内しなさい」

女性騎士たちがロゼッタを支え、そして奥へと向かう。

侍女たちも付き従い、見えなくなると騎士たちが剣を鞘《さや》にしまった。

ロゼッタが見えなくなると、騎士や兵士たちがこそこそと話をする。

「何だあの態度？」

「てっきり、リアム様に相応《ふさわ》しくないと言い出すかと思ったのに」

「賭けは俺の負けか」

普段のマリーを知っている騎士たちが、ロゼッタの前で見せた態度に驚いていた。

「斬り刻まれたい奴《やつ》は前に出なさい。一寸刻みにしてあげるわよ」

マリーが騎士たちを睨《にら》んで黙らせていると、格納庫に兵士が駆け込んでくる。

「マリー様、緊急事態です！」

随分と慌てた兵士の姿に、マリーは眉間に皺《しわ》を寄せる。タイミングもあるが、マリーの勘が厄介事だろうと告げていた。

「何が起きたの？」

「リアム様が、海賊たちの襲撃を受けました！」

◇　◆　◇　◆　◇

試合会場の荒野。

俺を取り囲むのは、大気圏を突破して降下してきた海賊たちの機動騎士だった。

大量の機動騎士が次々に降下して来る中で、姿を見せたのはデリックだ。

自慢の専用機に乗ってわざわざ俺の前に出て来るとか、こいつは本当に愚かだな。

『リィイアァァムゥゥゥ！　会いたかったぜぇぇぇ！』

興奮した声で威圧してくるデリックだが、俺に殴られてからはコソコソと逃げ回っていたのに随分と威勢が良い。

俺はデリックに会うため、わざと第二校舎に顔を出したこともあった。

だが、その度に無様に逃げ回っていたのがデリックだ。

今日はお仲間が大勢いるから、強気になっているのだろう。

「普段のように逃げないのか？　俺が怖くて、今日も逃げ出すかと思っていたんだが？」

逆に挑発してやれば、デリックは沸点が低くすぐに激怒する。

『てめぇ、この状況で強がれる度胸は褒めてやる。だが、楽に死ねると思うなよ。助けだってこないぜ。もう、俺が買収済みだ。それだけじゃない！　クラウディア家を監視している連中が、お前は邪魔だとさ！』

興奮して説明が雑になっている。どうやら、幼年学校からの助けが来るのは遅れるようだ。そして、クラウディア家を監視していた連中が俺の敵に回ったようだ。

ブライアンがそんな奴らがいると言っていたな。

きっと、クラウディア家が消えると仕事がなくなるから、デリックなんかと手を組んでしまったのだろう。

――本当に愚かだな。

「そうか。それはそうと、これだけでいいのか？」

『あ？』

俺を取り囲む機動騎士の数は、百にも届かなかった。

「だから、これだけの数しかないのかと聞いているんだよ。実は俺の愛機は改修が終わったばかりでな。試運転にお前らの相手をしてやるつもりだが――数が少なくないか？　男爵程度には、これが限界だったか？」

　この程度しか用意できないデリックに、期待外れだと言ってやるとすぐに激高して仲間に命令する。

　しかし、貴族の仲間が海賊か――まぁ、似たもの同士だから惹《ひ》かれあうのだろう。

『な、舐《な》めやがって！　やれよ！』

　デリックの号令に、海賊の機動騎士が俺に押し寄せてくる。

　その動きから、従来の機動騎士よりも高性能な機体に見えた。

　外見は海賊を装っているが、中身は新型だろう。

「アヴィドの試運転には丁度良い相手だな」

　操縦桿《かん》を握り直して、機体を動かす。

　アヴィドの背中にある三本目のアームが動くと、大剣の柄《つか》が激しい金属音を立てて伸びた。右手が届く位置までアームが大剣を持ってくる。

　柄を摑《つか》めば、アームが解除されてアヴィドが大剣を構えた。

　巨大な大剣は関節に負荷がかかりそうだが、それを乱暴に振り抜くと近付いてきた敵は金属同士が激しくぶつかり合う音を立てて粉々になって吹き飛んだ。

　乱暴な一撃だったが、アヴィドの関節は何の問題もない。

　大剣も希少金属の塊だ。傷一つついていなかった。

「凄《すご》いじゃないか。これだけ動いても関節が少しも悲鳴を上げていない！」

無茶な動きをしても、今のアヴィドなら耐えてくれそうだ。

改修した成果が出ているようで安心した。

「戻ったら、ニアスを褒めてやるとするか」

第七兵器工場に追加報酬も考慮していると、実力差がまだ理解できない海賊たちが群がってくる。

「思えば地上戦は初めてだな」

巨体を滑らかに動かすアヴィドを操縦しながら、大剣を振り上げてから乱暴に振り下ろした。地面に激突すると、爆発が起きたように土が空へと舞い上がる。

大剣を振り下ろされた海賊の機体は、原形を留《とど》めないほどに押し潰されていた。

後ろに回り込んだ敵に向かい、今度は大剣を横に振り抜く。中型に分類される細身の海賊の機動騎士たちは、その腰部分をあっさりとアヴィドに両断された。

ただ大剣を振り回しているだけで、次々に周囲の敵が破壊されていく。

「脆《もろ》い。脆すぎる！」

荒ぶるアヴィドだが、まだ暴れたりないと言うように出力を上げてくる。

起動音がうなり声のように聞こえてくる。

「いいぞ、アヴィド！　今度はこれだ！」

デリックたちを相手に、アヴィドの性能を確かめるように俺は戦っていた。命のやり取りではない。海賊たちが命を捧《ささ》げて、アヴィドの性能を確かめさせてくれている。

ただ、普段相手にしている海賊たちよりも強い。

強いが、今のアヴィドには、これでも物足りない相手だった。

大剣を軽々と振り回すアヴィドは、実弾兵器や光学兵器を受けても傷一つつかない。敵が振るう実体剣や、盾を無視して大剣を振り回して破壊していく。

機動騎士がバラバラにされ、吹き飛び、潰されていく。

土煙が舞い上がり、視界が悪くなっても俺には関係ない。

「そこだ！」

視界が塞がれた程度で敵を見逃すなんて、一閃《いっせん》流の免許皆伝持ちにはあり得ない。また、アヴィドはこの程度で敵を見逃さない。

そうして敵を次々に破壊していけば、当然のように逃げ出そうとする奴も出てくる。仲間が戦っているのに、背中を見せる機体が増えてきた。

「おいおい、今更逃げるなんて許されるわけねーだろ！」

両肩の盾を掲げてクローを射出すれば、逃げた敵の背中を捕らえた。

二機の敵を捕らえると、接触したことでパイロットの悲痛な声が聞こえてくる。

『い、嫌だ。死にたくない。た、助けてくれ！』

「俺を殺そうとした癖に、随分と調子がいいな。――お前らは全員、ここで死ね」

片方のクローが敵の胴体をそのままゆっくりと押し潰して――最後に両断した。

もう片方のクローだが、暴れ回る敵を摑んで離さない。

操縦桿のトリガーを引けば、クローに仕込まれたパイルバンカーが火を噴いて撃ち込まれた。火薬を炸裂《さくれつ》させ杭《くい》がその衝撃を伝えると、敵の機体はバラバラに弾《はじ》け飛ぶ。

摑んでいた敵を失ったクローは、ワイヤーが巻き戻されて戻ってきた。

「新しい武器も最高じゃないか！」

高笑いをしていると、他にも逃げ出す敵が現れる。

「逃がさないと言っただろう？」

巨体のアヴィドが地面を蹴れば、逃げ出した機体の頭部を摑んでいた。一瞬で数百メートルを移動し、その間にいた敵は吹き飛ばされる。

体当たりだけでも、敵にとっては驚異的な攻撃になるらしい。

アヴィドが敵の頭部を左手で摑んだまま、大剣を背中から突き刺して掲げてやった。

「逃げても無駄だ。さて、続きをやろうか。お前らは死ぬ気で俺を楽しませろ！」

海賊たちは静まりかえる。

数を揃《そろ》えて余裕を見せていたデリックも、今は威勢のいい声を聞かせてくれなくなった。

◇　◆　◇　◆　◇

試合会場を宇宙から見下ろしていたのは、数百隻の海賊船の集まりだ。

新型機を相手に無双するアヴィドの姿をモニターで確認している。

誰かがアヴィドを評する。

「化物かよ」

誰かが呟《つぶや》く。

「あ、悪魔だ」

圧倒的な力で自分たち海賊を嬉々《きき》として狩るリアムが、彼らには悪魔に見えていた。

最初は圧倒的な数の差を前に、余裕を見せていたリアムを強がっているだけと考えていた。だが、その認識は崩される。

新型機が次々にスクラップにされていく。

モニターに映し出されるアヴィドは、盾から発射されたクローで二機の味方を掴んで振り回している。

仲間同士をぶつけて破壊すると、掴んでいた二機の味方はパイルバンカーで撃ち抜かれ粉々に吹き飛ばされていた。

「あんなのにどうやって勝つつもりだったんだ」

船長が自分たちの不利を理解して、この場から逃げるために叫んだ。

「て、撤退だ！　こんなところにいたら、海賊狩りに目を付けられちまうぞ！」

デリックを見捨てて逃げることを決めた船長だったが、同乗していた者が止める。

彼はデリックと手を組んだ監視者の一人だった。

「逃げるだと？　約束はどうなる。リアムをここで消してくれる約束は！」

船長は摑みかかってくる監視者を突き飛ばし、そしてモニターを指さす。そこには、今も海賊たちの機動騎士を破壊して回るアヴィドの姿があった。

「あんなのをどうやって倒すんだよ！　お前らで暗殺でも何でもしろよ！　お、俺たちは、最初からリアムとは戦いたくなかったんだ！」

監視者は混乱して、暗殺が失敗していることを漏らしてしまう。

「失敗したからお前らに頼んだんだよ！　出来るならとっくにやっている！」

騒がしいブリッジだが、その言葉を聞いて彼らではない声がする。

『――リアム様に手を出した？　それはいけませんね～』

すると、海賊たちの影から仮面をした黒ずくめの集団が出てくる。

ワラワラと影から出現したかと思えば、そのまま何の躊躇《ちゅうちょ》もなく海賊たちを殺しはじめる。手なれた動きは、プロのようにも見える。

しかし、どこか遊んでいるようにも見えた。

船長が恐怖に駆られ、懐から拳銃を取り出すと発砲する。

「うわぁぁぁ！」

光線銃による攻撃は、仮面を着けた集団に当たるが表面を赤く染めるだけに終わった。

恐怖で泣き叫ぶ船長に近付くのは、ククリだった。

ククリは大きな手で船長を摑むと、床に叩《たた》き付けた。

「おや、脆いですね。昔の海賊はもっと骨がありましたよ。さて、そちらの方には色々とお聞きしなければなりませんね」

監視者はククリの部下たちに拘束されていた。

「ひっ！　わ、私は、帝国の役人だぞ！　私に手を出せば、タダでは済まないからな！」

ククリの部下たちは、周囲の海賊を殺し終わって監視者を取り囲んでいた。

怯《おび》えた監視者を見て、仮面の下で笑っているようだ。

ククリは船長を踏みつけ、大きな手で顎を撫《な》でる。

「それは大変ですね〜。ですが——我々はそんな帝国の犬が大嫌いなんですよ」

クヒクヒと笑うククリの部下が、役人の太股《ふともも》にナイフを突き刺した。

わざと痛い場所を選んで突き刺し、そしてグリグリと動かしている。

「いだぁぁぁい！」

泣き叫ぶ監視者の頭を、ククリが摑む。

「おっと、部下が失礼しました。血の気が多い部下たちで困っていますよ。ですが、人をいたぶるのがお好きなあなた方なら、この気持ちは理解していただけますよね？　帝国の闇でしたか？　この程度は日常茶飯事でしょう？」

監視者は次々にナイフが突き刺さり、泣き叫ぶが誰の助けも来なかった。

ククリがモニターを見る。

「あ〜、来たようですね。海賊たちを使って襲撃を考えていたようですが、こちらがそれを察知しないと思っていたとはお目出度《めでた》い人たちだ」

モニターにはバンフィールド家の艦隊が到着し、他の海賊船を次々に撃破していた。

「た、助けて」

泣いて助けを求める監視者に、ククリは優しい声色で答える。

「帝国の闇を名乗る組織ならば、この程度の覚悟は出来ているはずでは？　お前たち、こいつはあの男の命令を今も守る者だ。丁寧に教えてあげなさい。本当の闇というものをね」

「や、止《や》めて。お願いだから助けて！」

ククリの部下たちが監視者たちに群がる。部下たちが持つ武器は禍々《まがまが》しく、先程よりも監視者の泣き叫ぶ声は大きくなった。

ククリは残った船長のもとにやって来る。

「な、何でも話す！　だから、見逃してくれ！」

「情報など既に得ていますからね〜。さて、リアム様のご命令です。海賊たちの新型機にパイロットを乗せて降下させましょうか」

制圧された海賊船から、新型機に乗せられた海賊たちが惑星に放り込まれる。

逃げれば殺され、拒否しても殺された。

海賊たちには、リアムと戦う道しか残されていなかった。

次々に降下していく新型機だが、そこへ逃げても待っているのはアヴィドだ。

荒野の映像を見れば、リアムが降下してきた海賊たちをいたぶって遊んでいる。

新型機が次々に破壊され、山積みにされていく。

暴れ回るアヴィドは、海賊たちが使う機動騎士とは同じには思えない。

性能が違いすぎて、別の何かに見える。

その姿は――まるでおとぎ話に出てくる魔王のようだ。

「た、助けて」

「はい～？」

「助けてくれ！　俺は、俺はデリックに命令されて仕方なく従ったんだ。リアムに喧嘩《けんか》を売るつもりはなかったんだよ！」

船長の言葉に、ククリは喉を鳴らして笑う。

「ざ～んね～んでした～許しません。それから～、リアム〝様〟だ。海賊が呼び捨てにするなんていただけませんよ～。――それでは、さようなら」

ククリが船長の頭部を踏み潰した。

◇　◆　◇　◆　◇

試合会場近くの格納庫。

ロゼッタの監視者たちは、仲間との連絡が取れずに焦りを見せていた。

リアムを殺す計画を立ててはいたが、それが果たせずにいた。

「おい、どうなっている！」

「海賊共が弱すぎて、あれではリアムを殺せない」

「とにかく、ロゼッタを確保しろ。人質に取れ！」

監視者たちの慌てぶりはかなりのものだった。何しろ、デリックが自分たちの存在を口走っている。このままでは自分たちの命がない。

リアムを殺そうとしたなどと知られれば、家臣たちが大義名分を得て自分たちを殺しに来ると分かっていた。

そんな彼らにヒールの音が聞こえてくる。

カツン──カツン──誰かが近付いてくる音に、監視者たちは息をのむ。

足音の主は薄紫色の髪が特徴的な女性騎士だ。

「だ、誰だ！」

一人の監視者がそう問いかけるが、話を聞かれたかもしれないと思ったのか武器を女性騎士に向けた。拳銃を構えようとしたその監視者だが、すぐに拳銃を持った腕と首が斬り飛ばされる。

派手に血飛沫《ちしぶき》を上げた監視者の体が倒れると、女性騎士がいつの間にか二振りの剣を持っていた。

拳銃のような柄《つか》が特徴的なその剣は、刃が振動して震えていた。光で出来たギザギザの何かは、チェーンソウのような動きをしていた。

その刃が床に触れると、削られて耳障りな音を立てる。

乱暴に敵を削るような武器は、普通の剣よりも禍々しく見えた。

女性騎士は、監視者たちを見て口角を上げて片目を大きく開いていた。

「二千年も経《た》って、あの愚物の命令が生きているとは驚きだわ。あたくしたちを石に変えて笑っていたあの男の顔は、今でもよく覚えている。グチャグチャにすり潰せなかったのが、本当に心残りでしたの」

女騎士の台詞《せりふ》を、監視者たちはすぐには理解できなかった。だが、自分たちを殺そうとしているのはすぐに理解して、全員がすぐに行動に移った。

女性騎士へと一斉に攻撃を開始する。

「たった一人で何が――」

「これで二つ」

監視者の一人が女騎士を侮ると、そいつからチェーンソウの餌食となった。

女騎士の動きだが、ただ拳銃の弾丸を避けてチェーンソウを振り下ろしただけだ。

特別な動きではない。

監視者たちが、光線銃を使うとそれをステップで避けて女騎士がチェーンソウで腹を突き刺した。

「ぎゃぁぁあぁっぁあぁ！」

腹を貫かれた監視者は苦しみもがくが、女騎士は平然としていた。突き刺した刃は振動して監視者を痛めつけている。苦しそうにもがく仲間を見て、他の者は顔を青ざめさせていた。

「もう少し綺麗《きれい》に喚《わめ》きなさいな。あたくしは、いつかこんな日が来ればいいと――二千年、ずっと待ち望んでいたのよ！」

女騎士は突き刺した監視者を振り回して刃を引き抜くと、次の標的に向かっていく。

銃弾や光学兵器の中を動き回り、その禍々しい武器で監視者たちを次々に屠《ほふ》っていく。

一人が叫ぶ。

「わ、我々は亡き皇帝陛下のご命令を遂行する栄誉ある役職を賜った！　我々に逆らうということは、亡き皇帝を侮辱するということだぞ！」

女騎士は監視者たちの詭弁《きべん》に、嬉《うれ》しそうに笑みを浮かべる。

「だからこのあたくしが、お前たちを殺すのよ！　あの糞《くそ》外道のところに送ってくれるわ。マリーが蘇《よみがえ》ったと知らせるのね！」

亡き皇帝云々《うんぬん》と口走った監視者は、マリーによって縦に両断されて命を落とした。

ズタズタに引き裂かれた仲間たちを見て、監視者たちの中には武器を捨てて降伏するつもりなのか両手を上げる者もいた。

「武器を落としては駄目よ。最後の一人まで、全員あの糞外道のもとに送るのだからね。忠誠を誓った皇帝陛下のもとにいけるのだから、本望でしょう？」

監視者たちは震える。

彼らはここに来て、目の前にいるのが二千年前に石化された帝国騎士だと気付く。

「どうして三騎士のマリーがここに――」

驚く監視者の首を斬り飛ばしたマリーだが、残りの監視者たちはこの場を逃げ出そうとする。しかし、マリーと一緒に石化させられた騎士たちが現れて監視者たちを殺していく。

最後の一人はマリーが止《とど》めを刺して、この場は終わりを迎えた。

「リアム様に仕えてよかった。あたくしの苦痛だった二千年は、この日ためにあったのだと実感できる。これこそが運命よ！」

一人で悦に入るマリーは、両手を広げて血だまりの中で笑っていた。

◇　◆　◇　◆　◇

空から下りてくる敵がいなくなった。

「もう終わりか」

周囲には破壊した残骸が転がり、生き残っているのはデリックだけとなる。

「さて、残っているのはお前だけだな」

『た、助けてくれ！　何でもする！　何でもするから！』

一人になって心細いのか、随分と弱気になっていた。

「何でもするだ？」

大剣を地面に突き刺し、何か面白い話でも聞けるかと思っていると——次の瞬間に急接近してくる物体を感知した。

デリックの機動騎士が、俺を指さして笑う。

『馬鹿が！　俺が何もしなかったと思うなよ！　お前が暴れ回っている間に、取っておきの連中を呼び出したんだ！』

空輪されてきたのは、どうやらデリック側の機動騎士らしい。

落下して来たのは、今までの敵とは雰囲気が違う機動騎士だった。

聞いてもいないのに、デリックが説明してくる。

『海賊騎士。その中でも個人で高額な懸賞金をかけられた猛者たちだ。お前は海賊の間では賞金首だからな。追加報酬をやると言ったら、大急ぎで駆けつけてくれたぜ』

「名のある連中か」

舌なめずりをする。

目の前に現れたのは三機だが、遠くに一機が確認できた。

アヴィドに向かって長距離射撃をしてくるが、光学兵器はアヴィドに命中する前にバリアのようなフィールドにより拡散されて当たらない。

そして、三機はそれぞれ武器を持ってアヴィドに攻撃をしてくる。

『海賊狩りのリアムを殺せば、一生遊んで暮らせるぜ！』

先程相手をした海賊たちよりも、パイロットの腕がいい。トリッキーな動きで攻撃をしてくる目の前の機体を、俺は地面から引き抜いた大剣で貫いた。

「その程度の理由で俺に挑んだのか？　もう少し命は大事にした方がいいな」

あっさり一機を撃破すると、二機がアヴィドを挟み込むように向かってくる。

大剣を腰だめに構えさせ、俺は意識を集中する。

「一閃《いっせん》」

俺の一閃を完璧に再現できないが、アヴィドが大剣を横に振り抜くと二機が粉々になり吹き飛んだ。

「やっぱり大剣で一閃は無理か」

重力下、武器、その他諸々《もろもろ》の条件も悪いため一閃の再現度は低い。

刀か？　やっぱり刀の方が良かったか？

「まぁ、試運転には丁度良かったな」

関節にかなりの負荷をかけた動きをさせたが、今のアヴィドには何の問題もない。

三機を撃破すると、遠くにいた一機が離脱を図る。

アヴィドが左手を逃げる敵の背中に向けると、手の平の前に魔法陣が出現する。それがいくつも重なり、そして複雑に絡んでいくと最終的に一つの魔法陣になった。

「逃がすと思ったのか？　お前もアヴィドの餌食になれ！」

操縦桿《かん》のトリガーを引くと、アヴィドの手の平から放たれた光学兵器と魔法が融合したような光の矢が飛びだした。

それは逃げ回る海賊の機動騎士を追尾し、その背中に突き刺さると大爆発を起こす。

「何て出力だ。高い金を払った甲斐《かい》があるな！」

一人大声で笑っていると、今度はデリックが逃げだそうとしていた。

「おい、逃げるなよ」

『く、来るなぁぁ！』

デリックが銃火器を取り出して攻撃してくるが、攻撃を受けるアヴィドは傷一つつかなかった。

大剣をゆっくり振り下ろしてやると、デリックは持っていた装飾された派手な剣で受け止める。刃同士が擦れて火花を散らしていた。

アヴィドがパワーを少しずつ上げていくと、デリックの乗る機動騎士は関節から火花が飛び散っていた。

通信が開いて小窓が出現すると、酷《ひど》く焦ったデリックの姿が映し出された。

『た、頼む。見逃してくれ。何でもするから！』

逃げられないと判断したのか、デリックは実に滑稽な命乞いをしてくる。今更命乞いなどして、俺が受け入れると本気で考えているのだろうか？

ただ、ちょっと遊んでやりたくなった。

「何でもするのか？」

デリックは俺が交渉してくれると考えたのか、僅かにこわばった表情が緩む。

『命だけは助けてくれ！　俺は死にたくないんだ。今後は二度とお前に逆らわないし、関わらないと約束する。何でも用意するからよ！』

「死にたくないのか。なら、何をしてもらおうかな？」

期待を持たせてやると、デリックがペラペラと喋《しゃべ》る。

『何でも言ってくれ！　金だろうと、女だろうと、お前の望むままに与えてやる！　そ、そうだ。エリクサーなんてどうだ？　お前も欲しいだろう？　うちはエリクサーなら沢山あるんだぜ』

エリクサーを持っているのか？　男爵風情とは思っていたが、そうなると少しばかりデリックにも価値が生まれるな。

「そいつは欲しいな」

『とっておきの装置があるんだ。そいつを使えば、いくらでも手に入る。俺を助けてくれたら、いくらでも用意してやるよ』

命乞いをするデリックを見るのは、最高の気分だった。

だが、デリックの話には――正直一つも魅力を感じなかった。

エリクサー？　確かに欲しい。だが、デリックは俺を殺そうとした。

その一点が絶対に許せない。

それに、欲しいものは全て案内人が用意してくれる。

錬金箱、謎の刀などのように、必要なものは俺の手元に必ず届く。

今更、こいつを頼る必要がない。

それに、エリクサーも金で買える。

「う～ん、どれも間に合っている。だから、お前の命をくれ」

『ま、待て！　約束が違う！』

「約束なんてしたかな～？」

前世、俺は借金を取り立てる男たちに騙《だま》され、悲惨な目に遭った。

あいつらは約束など守ってくれなかった。

なら、俺が守る必要もない。

アヴィドがパワーを上げていくと、デリックの機動騎士が押し潰されていく。

剣は折れて、機動騎士の脚が関節から壊れた。

コックピットのデリックは、酷い顔で泣き叫んでいた。

『本気で俺を殺すのかよ！　さっきは、助けるみたいなことを言ったじゃないか！』

「あぁ、あれは嘘《うそ》だ。もとから生かしておく理由もない。さて、エリクサーで生き返られても面倒だ。念入りに殺してやろう」

『や、止《や》めろぉぉぉ――ッ』

「俺に逆らったお前が悪い」

大剣を一度振り上げた俺は、先端をデリックのいるコックピットへと向ける。

そして、そのまま突き刺してやった。

ブレードを突き刺したまま機体を持ち上げると、通信が回復したようだ。

実にタイミングがいい。もしも、途中で通信が回復していたら、俺がデリックを殺す前に試合を止められていただろう。

そう思うと、非常に運が良い。

通信が回復して状況を確認した幼年学校の教師が、青い顔をして叫ぶ。

『す、すぐに救護班を！』

どうやら混乱しているらしいが、無理もない。

「先生、無駄ですよ。もう死んでいますから」

コックピットは念入りに潰してやった。それが見えるように、デリックの機体を大剣に突き刺したまま地面に叩《たた》き付ける。

試合に出る以上、死亡するリスクを負うのがルールだ。

デリックが死んでも俺の責任ではないし、辺境の男爵が俺に盾突いたところで怖くもない。

そして、デリックの機体を踏みつけてやる。

「仲間を呼んでこの程度か。雑魚は集まっても雑魚だな」

笑ってやると、教師も啞然《あぜん》としていた。

俺の周囲に転がる残骸は、数百機にものぼるから無理はない。

それにしても、アヴィドは以前よりも性能が上がっていて満足した。

いい試運転になったよ。

そこだけは、デリックに感謝してやるとしよう。

◇　◆　◇　◆　◇

観客席で誰かが呟《つぶや》いた。

「何であいつらを戦わせたんだよ」

それが貴族たちの本音だった。

海賊貴族として力を付けてきたバークリー家。

そして、海賊狩りで力を付けたバンフィールド家。

両者が戦えば、悲惨なことになるのは目に見えていた。

そんな静まりかえる会場で、兵器工場関係者たちは笑いをこらえるのに必死だった。

ニアスなど今にも笑い出しそうなのを、必死に堪《こら》えている。

「第一兵器工場の新型が、アヴィドにボコボコにされる姿が見られないなんてショックでしたね。けれど、これで技術力の差がハッキリしましたよ。うちの機動騎士が一番強いと証明されましたね」

他の兵器工場関係者も同様で、第一兵器工場の関係者たちは大急ぎで観客席から逃げるように去って行く。

ウォーレスが嬉《うれ》しそうなニアスに引いていた。

「技術屋や科学者はこれだから困る。これからどうなるか予想できないのか？　リアムの奴《やつ》、バークリー家に宣戦布告したのと同じだぞ」

そんなウォーレスの意見も受け入れるが、クルトはリアムの勝利を疑っていなかった。

「リアムなら勝つさ。リアムは強いからね」

少しも親友の勝利を疑わないクルトを見て、エイラは頰を染めている。

「うん、私もリアム君が勝つって信じているわ」

そんな二人の言葉を信じたいウォーレスは、泣きそうな顔になっている。

「本当か？　本当だな？　リアムが負けたら私の人生も詰むんだぞ」

リアムの勝敗にウォーレスも人生がかかっているが、そんなことはどうでもいいとエイラは今後の試合を気にしていた。

「それよりさ。トーナメントって続けられるのかな？」

エイラが心配していると、観客席にトーナメント中止のアナウンスが流れる。

流石《さすが》に幼年学校も、この状況では続けられないと判断したようだ。

ニアスが肩を落として、少し残念そうにする。

「アヴィドの雄姿をもっと見たかったのに残念です」

本当に残念そうにしているニアスを見て、呆《あき》れるウォーレスはリアムの周りにいる人間たちへの不満をこぼす。

「お前、こんな空気の中で、よくそんなことが言えるな。まったく、リアムに関わる連中は変人ばかりじゃないか」

ウォーレスはヤレヤレと首を横に振るのだった。

◇◆◇◆◇

幼年学校の学生寮にある自室で目を覚ましたロゼッタは、これまで着たこともない寝間着を身につけていた。

胸を押さえると、侍女が声をかけてくる。

「どうなさいましたか、ロゼッタ様？」

話しかけてきた侍女の顔を見るが、対応に困る。

「え？　あ？　あの」

うまく喋れなかったのは、侍女がいるような生活に慣れていないからだ。

どうして侍女がいるのか？　ここはどこなのか？

そんな疑問に侍女が答える。

「気分が優れないとのことでしたので、私がお世話を仰せつかりました。幼年学校の許可は得ておりますので、ご安心ください」

ロゼッタが怯《おび》えながら頷《うなず》く。

縦ロールの髪は、今はただのストレートのロングになっている。

そして、今は一番気になる話題を聞いてみた。

あれは夢ではなかったのか？　そんな恐怖がロゼッタの中にはあった。

「あ、あの、結婚の話は？」

侍女が丁寧にロゼッタに説明をする。

「クラウディア公爵様が、婚約に賛成してくださいました。ロゼッタ様とリアム様が、無事に修行を終えたら結婚することになります」

結婚と聞いて、ロゼッタはまだ理解できなかった。

自分の家は名ばかりの公爵家であり、リアムがこだわる理由がない。それ以上のものは何もないため、やはり爵位が欲しかったのかと納得する。

「そ、そう。公爵の地位が欲しかったのね。それで、ここまでの無茶をしたのよね？」

それを聞いて、侍女は首を横に振り否定した。

「バンフィールド家が莫大《ばくだい》な借金を背負ってまで、爵位にこだわる理由はございません。それは、ロゼッタ様もご承知ではありませんか？」

名ばかりの爵位など惨めなだけだ。

ロゼッタはそれを痛いほど理解していた。

「けど、それだと余計にリアムの気持ちが理解できないわ。どうしてわたくしなんかを嫁に欲しいとここまでするの？」

侍女がクスクスと笑う。

「な、何よ」

「いえ、本当に羨ましいと思いました。リアム様が、どうしても欲しいと願った女性は、ロゼッタ様が初めてですから」

そんな話が聞けるとは思わなかったロゼッタは、頬を赤く染めて俯《うつむ》いてしまう。

爵位でもなく、莫大な借金を背負ってまで自分が欲しいと言われたようなものだ。そんな理由で自分に求婚する男がいるなど、ロゼッタは想像もしていなかった。

「そ、そうなの？」

「はい。領内では、女性に手を出さないために、家臣一同が心配していたくらいですからね」

ロゼッタはそのまま侍女に世話をされ、横になる。

「今はお休みください」

幼年学校は、デリックの起こした事件により授業どころではなかった。

授業再開の目処《めど》は立っていないため、しばらくはゆっくり休めると教えられた。

ロゼッタはゆっくりと目を閉じる。

（夢なら覚めないで欲しいわ。覚めるにしても、もう少しだけこの夢を見させて――）

◇◆◇◆◇

幼年学校の会議室。

俺は教師たちに囲まれて尋問を受けている。

尋問と言っても、俺の側には家臣たちがいて教師たちの説教に反論しているけどな。

居並ぶ教師たちを、俺の部下たちが威圧していた。

特にマリーが面白い。

「わざわざ殺すこともなかったはずです」

そんな教師の戯《ざ》れ言《ごと》に、マリーは何て返したと思う？

「殺しに来た者を見逃せと？　貴族の矜持《きょうじ》を教えるべきこの場所で、よくもそんな生温《なまぬる》い台詞《せりふ》を吐いたものですわね。むしろ、気概を見せたリアム様をお前たちは褒め称《たた》えるべきよ。相手も試合に出た時点で死ぬ覚悟は出来ていたはずですし、何の問題もありませんわ」

このように、教師たちが何を言っても言い返す。負けたデリックが悪いし、勝った俺は悪くないと部下たちが援護してくれる。

俺は紅茶を飲みながら、そんな部下と教師たちのやり取りを見ているだけでいい。

――これが勝者だ。これこそが悪党だ。

「で、ですが、これではバンフィールド家に恨みを持つ者たちが出て来ますよ」

教師のそんな言葉に、たまには俺も言い返しておくかと口を開く。

「それがどうした？　逆恨みなら今更一つ増えてもどうということはない。それに、どうして俺に我慢させる？　お前らがデリックを止めればよかっただけだ」

教師をお前らと呼び、年上に対して態度がでかい俺を誰も責めない。多額の献金が効果を発揮してくれているようだな。

マリーは頷きながら「その通りです、リアム様」と言っている。

こいつは完璧なイエスマンだ。

「リアム様、今回の行動は幼年学校でも問題になっております。確かに、事情はありますが、やり過ぎはよくありません。反省の意味も込めて――」

偉そうな幼年学校の校長が、俺に反省しろというので鼻で笑ってやる。

反省？　もっと正直に言えばいいものを。

「いくらだ？」

「は？」

「いくら欲しいのかと聞いているんだ。お前らのその無能な口に、いったいどれだけの金を放り込めば黙ってくれる？」

数名の教師が怒って立ち上がるが、マリーが一睨《ひとにら》みで座らせた。

こいつ、意外と凄《すご》いのか？　教師たちが震えているじゃないか。

この状況は俺としては面白くもあるが、幼年学校での生活はまだ続く。

あまり教師の不興を買っては、今後の学校生活に支障が出る。

ここらで折れてやるとしよう。

「言い過ぎたな、許せ。だが、この程度の事で反省と言われても納得できないな。罰として来年度の寄付金の額は倍にしてやる」

「で、ですが、それでは何の解決にもなりませんが？」

た、足りないと言うのか？　ふざけるな。倍だぞ!?　お前、俺がどれだけ幼年学校に献金していると思っているんだ!!

「おいおい、多額の寄付をしている俺に文句を言うつもりか？　それとも何か？　お前らにとって罰金は罰ではないとでも言うつもりか？」

幼年学校の校長が手を上げて、教師たちを黙らせた。

「伯爵、今回の件ですが、我々は厳重注意をしました。それはご理解ください」

金をもらって黙るけど、それを表立って言うと恥ずかしいから僕たちは頑張って注意はしました！　とアピールしたいのだろう。

反吐《へど》が出る。だが、金に媚《こ》びている連中は可愛《かわい》いじゃないか。

その金は錬金箱で稼いだ金だけどな。

俺の懐はちっとも痛まない。

「大変結構だ。お前らいくぞ」

立ち上がって会議室を出ると、俺の後ろに部下たちが続く。

部屋を出る際に振り返ると、教師たちが頭を抱えている姿が見えた。

◇　◆　◇　◆　◇

リアムが去った会議室で、ジョン先生は腕を組む。

（ハッキリと言う。だが、言い返せないか）

お前らがもっとしっかりしていれば、こんなことにはならなかった。リアムの言いたいことはきっとそういうことだろうと、教師たちは考えている。

実際、不甲斐《ふがい》ない気持ちになる。

校長も随分とリアムの言葉が耳に痛かったようだ。

「厳重注意で終わらせるつもりだったのにな」

元々、リアムは降りかかる火の粉を払いのけたに過ぎない。

デリックの振る舞いは看過できず、一方的にリアムを責めるつもりもなかった。

だが、リアムも日頃からデリックを煽《あお》っていた。

それを注意しないわけにもいかない。

「神童と言われるわけだ。下手な大人よりもしっかりしている」

校長がそう言うと、疲れた顔で溜息《ためいき》を吐《つ》いた。

ジョン先生も溜息を吐きたい気分だ。

（不良も困るが、出来すぎる生徒というのも苦労させられるものだな）

◇　◆　◇　◆　◇

夜。

学生寮の庭に出て、とても重たい木刀を振り回していた。

幼年学校の体育では体がなまるので、こうして時折鍛えている。

汗を拭っていると、ククリが木の陰から顔を出してきた。

「どうした？」

「リアム様、公爵家を監視していた者たちを調べました。ただ、想定していたよりも組織が肥大化していました。クラウディア家を苦しめるだけに留《とど》まらず、他家の弱みも探っていたようです」

思っていたよりも監視者たちの組織が大きかったようだ。

「暇な連中もいたものだな」

「資料は全て回収しました。どのように扱いますか？」

こいつらがすぐに回収できたとなると、たいした情報でもないだろう。

監視者たちが組織化したといってもたかがしれているはずだ。

ククリも「想定していたよりも」と言っている。

そもそも、他家の弱みとか興味がない。

脅す時は自分で調べるし、武力を持って脅せばいい。

俺には価値のない代物だが、捨てるのももったいないか？

「領地に送ってブライアンに指示を仰げ。有効に使えと伝えておけよ」

「御意」

ククリが影に沈み込み消えていく。

ククリたちが使う魔法だが、凄く便利そうだな。

「さて、もう少し汗を流すか。それにしても、体がなまってきたな」

アヴィドを動かして気が付いたが、機体よりも俺の体の方がなまっていた。

しばらくは、鍛え直しが必要なようだ。

◇◆◇◆◇

男子寮をロゼッタが訪れていた。

「えっと、ここよね？」

やって来たのはリアムの部屋の前だ。ロゼッタは何故《なぜ》か緊張して胸が高鳴り、自分の姿を気にかける。何度も髪型を気にして、服装の乱れがないかチェックした。

そして、深呼吸をしてからノックをしようとすると、通りかかったクルトがロゼッタに声をかける。

「リアムに用事?」

「はへぁ!?」

可愛らしい変な悲鳴を上げるロゼッタに、クルトは驚かせたことを謝罪する。

「ごめん、驚かせちゃったね」

ロゼッタはさっきの変な声を聞かれたことを気にして、猫背になり少し頬を赤らめていた。

「も、問題ないわ」

「そ、そう? えっと、リアムに用事なんだよね?」

ロゼッタは、首をかしげているクルトに用件を伝える。

「そ、そうよ。実は相談があるの。――この人たちをどうにかして欲しいのよ」

ロゼッタの側《そば》にいるのは、バンフィールド家から派遣された女性騎士たちである。

他には侍女まで用意されており、ロゼッタは落ち着かなかった。

しばらく面倒を見るようにと、ロゼッタのために派遣された彼女たちは周囲の男子たちを威圧している。

ロゼッタはリアムの婚約者であるため、他の男子が近付くのを警戒していた。

クルトだけは、リアムの友人であるため接近しても許されていた。

「あれ? リアムの居場所を聞かなかったの?」

クルトが女性騎士たちを見れば、困った顔で「尋ねられなかったもので、何の目的で男子寮に来たのかも不明でした」と答えている。

家臣がいる状況になれないロゼッタは、リアムの居場所を聞くという初歩的なことをしていなかった。

気付いて顔を赤くして、視線をさまよわせる。

「も、もしかして、ここにはいないの？」

クルトは優しい口調で、ロゼッタにリアムの居場所を案内すると申し出た。

「この時間はいつもの場所にいるんだよ。案内するよ」

そうしてロゼッタは、クルトに案内されて男子寮の中庭へと連れて行かれる。そこは中庭と言うよりも公園に近く、噴水やベンチも設置されていた。

そんな場所で、大きな木の下で木刀を持って構えているリアムの姿を発見する。

ロゼッタが近付こうとすると、クルトが止めた。

「今は近付かない方がいい」

「どうして？」

クルトが指をさすと、リアムの側に落ちてきた木の葉が両断される。その様子を見ていたロゼッタの護衛をしている女性騎士たちが、ゴクリと唾を飲んでいた。

鍛えている彼女たちから見ても、相当な腕なのだろう。

クルトがロゼッタに注意する。

「リアムは集中すると、側に近付くのも危険だよ。それに、邪魔されるのも嫌うから、終わるまで待っていた方がいい」

「何が起きているのよ」

構えているリアムに近付くだけで斬られると言われ、ロゼッタには理解できなかった。

クルトは頭をかいた後に、説明を放り投げて笑う。

「おかしいよね。僕も最初は唖然《あぜん》としたよ。けど、リアムは長年自分を追い込んで、あの境地に到達したそうだよ。リアムは才能もあるけど、凄く頑張っているからね」

ロゼッタは才能があってもたゆまず努力をするリアムを見て、今まで自分が思っていた人間ではないと知る。

(最初から才能があって、何でも出来たんじゃないの？　なら、わたくしは努力している
リアムを妬んでいたの？)

何もせずとも結果を出せると思っていたリアムが、日々努力を怠らないとクルトから聞いてロゼッタは自分の視野の狭さが恥ずかしくなる。

(ここまで理想を実現した人がいるなんて思わなかった。それなのに、わたくしはそんな彼を妬んで――何と情けない)

ロゼッタはリアムに合わせる顔がないと、その場を去ろうとする。

クルトが声をかけてきた。

「会っていかないの？」

「今はいいわ。合わせる顔がないもの」

「そっか」

◇　◆　◇　◆　◇

バンフィールド家の屋敷。

普段の落ち着いた雰囲気とは違い、こわばった表情のセリーナが宰相へ緊急連絡を入れていた。

その手には、バンフィールド家が手に入れた監視者たちの資料が記録された情報媒体が握られている。

通信機のモニターに宰相の顔が映る。

『緊急の用件とは何か？』

セリーナは、挨拶もすぐに切り上げて用件を切り出す。

「バンフィールド家が監視者たちから入手した資料の件でございます。奴《やつ》らは、クラウディア家の監視に留まらず、密偵の真似事《まねごと》までやっていました。かなり深いところまでネズミが潜り込んでおります」

すぐに一部の資料を送信すると、それをモニターの向こうで確認した宰相が顔をこわばらせていた。テーブルを指でトントンと叩《たた》き、苛立《いらだ》ちを見せる。

セリーナが慌てて報告したのは、宰相に関する情報も調べられていたからだ。

『――後始末はこちらでする。それで、元の資料は？』

「宰相のデータは消去済みでございます」

『余計な仕事をさせてしまったな。後でお礼をしよう』

「その他の資料はどうしますか？　ブライアンは、扱いに困っております」

『伯爵の反応は？』

「興味がない、と」

宰相だけではなく、多くの貴族の情報を集めていたようだ。しかし、リアムは興味を示さず、ブライアンに放り投げてしまった。一番迷惑なのはブライアンだろう。そのような物をどう扱えばいいのかと、頭を抱えていた。

『帝国に差し出すように誘導せよ。私が受け取ったことにする。貴族たちの弱みを握れるチャンスだ。私が弱みを握っていると、彼らが知ることに意味があるからな』

「また、あくどい顔をされていますよ」

『宰相になればこうもなるさ。さて、私はそろそろ片付けに入ろう。君も今回の件はよくやってくれた』

セリーナが安堵《あんど》して深々と頭を下げると、通信が切れた。

◇　◆　◇　◆　◇

無事に葬儀やら、終業式が終わって四年生に進級した。

そして、待っていたのは念願の長期休暇だ。

伯爵である俺は、久しぶりに領地に戻って羽を伸ばすつもりだった。

「三年ぶりの故郷か。――あまり変わっていないな」

久しぶりに領地に戻ってきたのはいいが、景色に大きな変化はなかった。

以前は数年で色々と変わっていったのに、今は変化が乏しい。

ウォーレスが荷物を持って俺の屋敷を見ている。

こいつは皇子ではなくなり、後宮には戻れないため俺についてきた。

「あ～、長旅で疲れたよ。とりあえず、私専用の侍女と護衛を頼むよ。どちらも美女だと嬉《うれ》しいね。後宮では鬼ババアで苦労したから、若い女にしてくれよ。それから、食事は豪華にして欲しい。質素な幼年学校の食事にはこりごりだ」

子分のくせに、いきなり色々と注文を付けて来る。

叩き出してやろうかと思っていると、ウォーレスの前にセリーナが歩み出てきた。

「久しぶりですね、ウォーレス殿下。それよりも、鬼ババアとは一体誰のことでしょう？」

セリーナが笑顔で近付いてくると、ウォーレスが顔をこわばらせて震えていた。

「出たぁぁぁ！」

まるでお化けでも見たように絶叫するウォーレスを見て、セリーナは品良く笑っている。

「あら、酷《ひど》いじゃありませんか、元殿下。私のことをお化けみたいに」

すると、ウォーレスが俺の後ろに隠れる。

「お、お化けの方がマシじゃないか！　リアム、どうして侍女長がここにいるんだよ！」

「セリーナをうちで雇ったからに決まっているだろうが」

「雇った⁉　セリーナを⁉　何で⁉」

どうやら、ウォーレスはセリーナが苦手らしい。

ならば、休暇中の世話はセリーナに丸投げしておこう。

俺はウォーレスの相手を切り上げると、振り返って本命の登場に微笑した。

自分では見えないが、きっと悪い顔をしているのだろう。

俺たちの後ろにいたのは、居心地悪そうにしているロゼッタだ。

今回の長期休暇に無理矢理連れてきた。

出迎えた中には、クラウディア公爵家の当主と先代の姿がある。

ロゼッタの母親とお婆《ばあ》さんだ。二人が俺の前に出てくると、泣きながらお礼を口にする。

「伯爵、この度は何とお礼を申し上げればいいのか」

「こうして面会できて、大変嬉しく思います」

ブライアンがどんな交渉をしたのか知らないが、随分と俺を信じ切っている様子だな。

腰の低い二人の相手は面白いが、ロゼッタがあたふたしている。

おい、ちょっと待て。お前はもっと尊大でないと駄目だろ。

そこはもっと悔しがって見せて欲しかった。

俺はアゴを動かし、セリーナに合図を送った。

セリーナが二人をロゼッタの方へと案内する。

三人が久しぶりに面会すると、感動したのか抱き合って涙を流していた。

「お母様、お婆様《ばあさま》、申し訳ありません！」

思っていたのと何か違うような？

もっと「公爵の爵位まで奪われてしまったわ！　お母様、お婆様、申し訳ありません！」

みたいに泣くと思ったが、どうやら再会を喜んでいるように見える。

まぁ、今は再会を喜べばいい。本番はこれからだからな。

感動の再会に涙を流しているのは、様子を見守っていたブライアンも同じだ。

「リアム様がご結婚を決められるとは何とお目出度《めでた》いのでしょうか。このブライアン、嬉しくて泣いてしまいそうですぞ。それに、感動のご対面。年甲斐《としがい》もなく泣いてしまいます」

「お前はいつも泣いているだろ。もういい加減に泣き止《や》め。男の涙とか需要はないぞ」

久しぶりのブライアンに苦言をこぼせば、本人はちょっと嬉しそうだった。

「この冷たい対応！　やはり、リアム様はこうでなくては！」

何を言っても喜ぶブライアンは放置して、俺は待っていた天城《あまぎ》を探す。

すると、天城たちメイドロボが、奥に控えて前に出てこない。

何故《なぜ》近付いてこないのか？

「天城、部屋に行くぞ」

俺が奥へと進み声をかけると、天城は遠慮を見せていた。

「旦那様、よろしいのですか？」

「何が？」

珍しいことに天城が戸惑っていた。

そんな姿も可愛《かわい》いが、俺は強引に天城を連れて歩く。

「いいから来いよ。色々と話を聞きたいからな」

「――承知しました」

◇　◆　◇　◆　◇

ウォーレスは、部屋へと戻るリアムを見て反応に困っていた。

「人形好きって噂《うわさ》は事実だったのか」

帝国では天城のような人工知能を搭載したロボットは、嫌悪の対象になっている。

貴族であれば余計に毛嫌いしており、側《そば》に置くなどあり得なかった。

セリーナが咳払《せきばら》いをしてから、神妙な面持ちでウォーレスに注意した。

「ウォーレス様、この屋敷で死にたくなければ天城を前に人形と言わないことです。リアム様は、天城を馬鹿にした者を絶対に許しません。冗談ではなく、物理的に首が飛びますよ。私でも庇《かば》えませんからね」

ウォーレスは何度も頷《うなず》く。

「も、もちろんだ。リアムの趣味嗜好《しこう》に文句など言わないさ！」

（クルトやエイラがそんなことを言っていたが、本当だとは思わなかったな。気を付けるとしよう）

大事なパトロンであるリアムを怒らせるほど、ウォーレスも馬鹿ではない。

「えぇ、そうしてください。それにしても、リアム様も物好きでいらっしゃいますね。よりによって、毒にも薬にもならないウォーレス様のパトロンをするなどと宣言されるなんて」

ウォーレスは溜息《ためいき》を吐《つ》くセリーナを見て思った。

（あれ？　セリーナの中で、私の評価って低くない？）

「セリーナ、私はこれでも元皇子だぞ」

「はい。ですが、今の私はリアム様にお仕えしております。バンフィールド家の利益を考えておかしいことがありますか？」

「な、ない」

「ご理解いただけて助かります。――それでは、大事なお客様であるウォーレス様のお世話は、このセリーナが務めさせていただきます」

バンフィールド家での滞在期間中は、セリーナが世話をすると聞いてウォーレスはその場に崩れ落ちるように座り込み――泣いた。

第八話 ▼ 婚約式

屋敷の自室。

大の字になってベッドに横になる俺は、天城《あまぎ》の膝枕を楽しんでいた。

こうしていると、実家に帰ってきたという気がしてくる。

「天城、ロゼッタの様子はどうだ?」

「屋敷の案内をさせ、休憩時間はご家族と談笑しております」

――つまらないな。もっと絶望するか、反抗心をむき出しにして欲しかった。

だが、今は家族で再会できたことが嬉しいようだ。

もう少し時間をおいた方が良いのだろうか?

「それは残念だな。あいつはもっと自覚を持つべきだよ。俺に全てを奪われた、とな」

「全て、ですか? もう抱かれたのですか?」

抱かれた、という台詞《せりふ》に俺は頭の中に疑問符が浮かんだ。

「え? 何で?」

天城が困った顔を見せるが、ちょっと可愛いぞ。いや、とても可愛いぞ。

「旦那様、もう奥様を迎えられるのですから、あまり私にばかり構っていると愛想を尽かされてしまいますよ」

「その時は女の方を捨てる。それだけの話だ」

天城を俺から遠ざけるとか、そんなのは許されない。

「ロゼッタ様を捨ててしまえば、旦那様は貴族社会の信用を失います。爵位も失ってしまいます」

「なら、軟禁か？　俺のやることにケチを付ける女は嫌いだ」

前世の妻が、離婚前はそんな感じだったな。

俺が何をしても文句を言ってくる。

プレゼントにもケチを付け、ゴミ箱に捨てていたのは今でも覚えている。

胸くそ悪い。――もしも再会したら、この手で殺してやりたかった。

案内人に頼んだら、もしかしてあの女の魂をこちらに連れてきてくれるのだろうか？

いや、そもそも二度と会いたくないからこれでいいか。

この積もりに積もった鬱屈した感情は、ロゼッタで吐き出させてもらうとしよう。理不尽な八つ当たりだと理解しているが、あいつならきっと俺を楽しませてくれるはずだ。

きっとロゼッタは抵抗してくるはずだから、そこを徹底的に――。

「旦那様」

「どうした？」

天城に呼ばれて妄想の世界から、現実世界に引き戻される。

「ロゼッタ様は旦那様の奥様です。優しくしてあげてくださいね」

その優しくという言葉に、俺は返事が出来なかった。

何しろ、俺はいたぶるためだけにロゼッタを妻に迎えたからだ。

あと、天城やブライアンの「お嫁さんまだかなー！」というプレッシャーもあって、少し焦ってしまった感は否めない。

黙って顔を背けると、天城が俺の頭を撫《な》でる。

「婚約式は幼年学校の卒業後を考えております」

「──そうか。いや、待て」

上半身を起こして天城に振り返る。

「どうなさいましたか？」

「婚約式はすぐに行うぞ。この長期休暇中にやる。大至急準備に取りかかれ！」

「大至急ですか？　急ぎはしますが、それでも準備期間が足りません」

「構わない。ロゼッタのために贅沢《ぜいたく》に婚約式をするつもりか？　控えめでいいんだよ。とにかく急がせろ」

「ロゼッタ様の教育もあります。カプセルを使用した教育に、最低でも一ヶ月は必要です」

ロゼッタは教育カプセルを使った教育、肉体強化を最低限しか行っていない。

幼年学校での残念な成績も、そこに原因がある。そのため、長期休暇中にカプセルに放り込み、少しでも成績改善を目指す計画が立てられていた。

「さっさとカプセルに放り込んで、婚約式の準備だ」

「――承知しました」

いくら鋼の心を持つロゼッタでも、婚約式を行えば嫌でも現実を知るだろう。

そして、俺はクラウディア家から公爵という地位を奪うことが出来る。

まだ正式に結婚していないので「公爵予定」みたいな立場だけどな。

貴族としての修行が終わり、結婚式を挙げれば晴れて公爵だ。

「今から楽しみだな」

ロゼッタ――お前の絶望ははじまったばかりだぞ。

◇　◆　◇　◆　◇

「卑怯《ひきょう》者《もの》！　恥を知りなさい！」

婚約式用にあつらえた白いドレスに身を包んだロゼッタは、俺に険しい目つきを向けていた。

「綺麗《きれい》なドレスが台無しの表情だな。もっと喜んだらどうだ？」

心配する素振りを見せてやれば、ロゼッタは上半身を俺から背けた。

悔しさに歪《ゆが》む顔を見られたくないのだろう。

その姿だけでも十分に楽しめる俺は、口から薄っぺらい言葉が出てくる。

「綺麗だよ、ロゼッタ。俺の隣に立つに相応《ふさわ》しい姿だ」

ロゼッタの白い手袋に包まれた拳からは、ギチギチと音が聞こえてくる。

「白々しい！　金の力で爵位を手に入れて、情けなくないのかしら？」

普通の奴《やつ》がロゼッタと同じ台詞を言えば、刀の錆《さび》にしているところだ。

だが、俺はニタニタとした表情でロゼッタに近付いてアゴを掴《つか》んで強引に顔を向かせる。

「その金の力にお前の家族はなびいたぞ。大事な爵位を奪われてどんな気分だ？　教えてくれよ、公爵令嬢さん。いや──今は元公爵令嬢か？　お前は既に俺の婚約者だからな」

「お前なんかに奪われるなんて」

心の拠《よ》り所《どころ》としていた爵位を奪われ、瞳を潤ませるロゼッタは必死に泣くのを堪《こら》えていた。

クツクツと笑う俺は、ロゼッタから手を離す。

「どんなに嫌がっても、お前は俺の婚約者だ。仲良くしようぜ、ロゼッタ」

床に崩れ落ちるように座るロゼッタは、歯を食いしばって俺を見上げていた。

「必ず取り戻してみせるわ。お前なんかに負けるものですか」

俺はポケットに手を入れ、捨て台詞を吐いて部屋を後にする。

「それは楽しみだ。精々、あがいて見せてくれ」

──きっとこんな風になるはずだ！

俺は頭の中で想像したロゼッタの姿に満足する。

爵位を奪われ、それでも抵抗するロゼッタは俺を楽しませてくれるだろう。

「今から楽しみだな！」

今後の展開を予想する俺の側には、天城がいて何とも言えない表情で俺を見ている。

「旦那様が楽しそうで何よりです」

◇　◆　◇　◆　◇

バンフィールド家の屋敷にある教育カプセルが置かれた部屋。

そこには、医師や護衛のメイドロボたちがいた。

ロゼッタが薄い布で体を隠している。

「実家にある簡易の教育カプセルとは違うわね」

高性能な教育カプセルは、ロゼッタの実家にある簡易な物とは何もかもが違った。

専門の女性スタッフたちが、装置の側で調整を行っている。

女性医師が、ロゼッタに今後の予定を説明してくる。

「今回は短期間の調整になります。リハビリ期間も考えると、一ヶ月程度は拘束されるとお考えください」

「長期休暇のほとんどが終わるわね」

俯《うつむ》くロゼッタを見て、事情を知る女性医師が慰める。

「お婆様《ばあさま》の件は聞いております。出来る限り側にいたいでしょうが、これはリアム様の決定です」

「えぇ、分かっているわ。お婆様もそれを望んでいるもの」

涙を拭う。実は祖母の体調がよくない。エリクサーを使用する話も出たが、エリクサーに出来るのは病気や怪我《けが》を治療する事だ。

寿命を延ばすことは出来ない。つまり、ロゼッタの祖母は寿命が尽きようとしていた。

多少の延命は可能だろうが、それでも延命できる時間は少ない。

リアムが特別にエリクサーを使用してくれたが、それでも効果は薄かった。

残り時間の少ない祖母の最後の願いを叶《かな》えるために、ロゼッタは教育カプセルに入る。

「ロゼッタ様、短期間に出来るだけのことをしますが、あくまでも付け焼き刃である事を忘れないでください。本格的な教育カプセルの使用は、幼年学校の卒業式後になります」

ロゼッタは表情を引き締めると顔を上げる。

「――お願いしますわ」

カプセルに入る前に布を外し、裸で液体の中へと入る。

カプセルの中、ロゼッタは胎児のように丸まった。

(お婆様に、何としても婚約式に参加してもらわないと――)

意識が遠のき、そしてカプセルを使用した勉強と肉体強化がはじまる。

◇　◆　◇　◆　◇

リアムの御用商人であるトーマスも大慌てだった。

「急げ！　婚約式までに必要な物をかき集めるんだ！」

バンフィールド伯爵家の婚約発表がされたが、婚約式まで時間が少なかった。

部下たちが大急ぎで船にコンテナを積み込む。

「こんなに急ぐ意味はあるんですか？　婚約式なんて、幼年学校の卒業式後でもいいじゃないですか！」

忙しさに不満を口にする部下に、トーマスは仕事をしながら事情を説明する。

「お相手のロゼッタ様の祖母だが、もう長くないそうだ」

部下が色々と察してしまう。

つまり――リアムが婚約式を急ぐのは、ロゼッタの晴れ姿を祖母に見せるため、である。

トーマスはその気持ちに応えようとしていた。

「今まで辛《つら》い日々を過ごされていたそうだ。ここで我々が頑張らなければ、バンフィールド家の御用商人など名乗れない。すまないが、協力して欲しい」

部下は黙って作業へと戻る。

◇　◆　◇　◆　◇

おかしい。

領内の様子がおかしい。

普段から奇抜なファッションが流行《はや》るおかしな領内だが、今回の流行は——俺の美談だ。

何故《なぜ》か、俺が婚約式を急ぐのは、ロゼッタの婆《ばあ》さんのためとなっている。

今もモニターでニュースを見ていると、キャスターが婚約式のことを説明していた。

『リアム様が婚約をお決めになったロゼッタ様ですが、これまで随分とご苦労をなさってきたようです』

ロゼッタの身の上話にはじまり、クラウディア公爵家がどんな扱いを受けてきたのかを細かく説明している。

俺でもドン引きの過去だった。

ウォーレスから聞いていた内容の倍は酷《ひど》い。

そして、そんなロゼッタを救って——婚約までするリアム様凄《すご》い！　だって。

領内のマスメディアは俺の支配下にあるが、ここまで露骨におだてられると逆に気持ち悪い。裏があるのではないかと勘ぐってしまう。

『そして、ロゼッタ様の祖母であられる先代の公爵様は、体調が優れず長くはないそうです』

エリクサーを使って何とか延命している状況なのは聞いていた。

ロゼッタとの婚約式に参加させるためにエリクサーを使用させた。別に助けようとしたのではなく、参加している方がロゼッタには辛いと思ったからだ。

祖母を前にして「爵位を守れず申し訳ないロゼッタ」を見たかった。

それなのに、俺がロゼッタの祖母を気遣い、婚約式を急がせていると知ったのは——今日が初めてだ。美談にされるとは思いもしなかった。

俺の身の回りの世話をしている天城《あまぎ》に視線を向けて、モニターを指さす。

「どういうことだ？」

長い付き合いである天城は、俺が何を知りたいのかすぐに察してくれる。

「旦那様とロゼッタ様の婚約は、美談ですからね。話に食いつく者は多いでしょう。ちなみにですが、これまでの流れをドラマや映画にするという話も進行中です」

「嘘《うそ》だよな？」

「本当です」

俺とロゼッタの出会いを運命的なものにしたいらしい。俺たちの出会いにそんな要素は一ミリもないのに、感動的な作品にしたいそうだ。

俺の領民たちは大丈夫なのか？　もしかして暴走手前か？　税を搾りすぎたか？　ちょっとお休みさせて、しばらくしてからまた搾り取ろう。

「天城、税は少しだけ軽くしろ。少しだぞ」

「急ですね。それでは、婚約式は慶事ですから、それを理由に税を下げましょう」

「それだ！　とにかく、少しだけ安くして領民たちを休ませる」

「そのように手配いたします」

俺は領民たちが少しだけ心配になってきた。

どうして増税した俺の美談を求める？　自分たちの領主が素晴らしい人間だとでも思い込みたいのか？　もっと俺を疑えよ。お前らは馬鹿ばかりか!?

いや、待てよ。——この状況は使えるな。

俺との屈辱的な出会いを美談にされたロゼッタは、さぞかし悔しい顔をしてくれるだろう。ドラマや映画がはじまれば、それを見る度にロゼッタが面白い反応を見せてくれるはずだ。

「婚約式が楽しみだな」

「良かったですね」

ニヤニヤする俺を、天城が微笑《ほほえ》みながら見ていた。

◇　◆　◇　◆　◇

長期休暇も残り僅かとなった頃。

バンフィールド家の屋敷には、大勢の客が押し寄せていた。

ウォーレスは礼服に身を包み、その中で飲み物を飲んで過ごしている。

「もっと豪勢なパーティーを予想していたのに、えらく落ち着いた感じだな」

招待されたクルトやエイラも、礼服姿で婚約式に参加していた。

「僕から見たら凄く豪華だけど？」

「だよね～。男爵家からすると、立派なパーティーに見えるよね」

二人は男爵家出身という事もあり、これを見て立派と判断した。

だが、貴族社会を知るウォーレスの考えは違う。

「伯爵家にしてみたら、落ち着いた感じだよ。別に質素という意味じゃない。奇抜さがほとんど無いから、安心できるという意味だ」

貴族たちだが、時に奇抜すぎるパーティーで周囲をドン引きさせることがある。

「奇抜なパーティーで成功したのは、バケツパーティーの他には数えるほどしかない」

ウォーレスがバケツパーティーと言えば、クルトが興味を示す。

「バケツパーティーって、一応は定番だよね」

「あぁ、私も何度か参加したが、アレは凄いよ。定番になるわけだ。考えた奴は天才だよ」

エイラは飲み物が入ったグラスを両手で持ち、バケツパーティーへの憧れを語る。

「一度でいいから参加したいよね」

ウォーレスは難しい表情をしていた。

「成功したバケツパーティーはいいが、失敗すると最悪の思い出になるぞ」

立食パーティー形式で、参加者たちは食べ物や飲み物を楽しんでいた。

クルトは周囲の顔ぶれを確認する。

「参加している貴族が多いね。父上も挨拶回りで大変そうだ」

リアムの成人式の頃よりも、参加している貴族は多かった。以前よりもリアムが更に力を付けてきた証拠でもある。

ウォーレスは一人思案する。

(リアムはこれを狙っていたのか？)

バークリー家と敵対すると宣言したようなリアムだ。

多くの貴族は敵に回ると思ったが、良識のある貴族たちがリアムに集まりつつある。

まだ様子見をしている貴族も多いだろうが、味方が増えている事にウォーレスも驚いた。

(これは、下手をするとバンフィールド家とバークリー家の戦争に、他の貴族も関わって帝国内の代理戦争に発展するぞ)

良識のある貴族たちと、悪徳貴族たちとの勝負になる。

もちろん、良識派の代表がリアムだ。

(もしかすると、もしかするかもしれないな)

◇　◆　◇　◆　◇

婚約式の控え室。

ロゼッタがいる部屋を護衛しているのは、自ら志願したマリーだ。

騎士の礼服に身を包み、静かに護衛をしている。

俺の側《そば》にいるのは、礼服姿のティアだ。

二人は俺とロゼッタの会話を邪魔しないために、背景に徹するように控えている。

純白のドレスに身を包むロゼッタだが、ベールで顔を隠して表情が読めない。

「――綺麗《きれい》だぞ、ロゼッタ」

何度もシミュレートしてきたが、いざ本番になると白々しい台詞《せりふ》もあまり出ては来なかった。

思いのほか、俺も緊張しているようだ。

ロゼッタは肩を震わせて反応を示すが、俺に応えようとはしなかった。

「緊張しているのか？　まぁ、いい。そろそろ時間だ。逃げられるなんて思うなよ」

少し前からどんな台詞でなじってやろうか考えていたが、いざとなると出てこないものだな。しかし、これから時間はたっぷりある。

別に急がなくてもいいだろう。

「行くぞ」

「はっ」

ティアを伴って控え室を出て行くと、もっと色んな台詞を練習しておけばよかったとちょっとだけ後悔した。

◇　◆　◇　◆　◇

控え室からリアムとティアが出て行くと、ロゼッタは震えが大きくなっていく。

「ど、どどうしよう、マリー!?　何も答えられなかったわ。リアムは怒っていたかしら？　呆《あき》れられていなかった？」

緊張してリアムに返事を出来なかったロゼッタは、側にいて支えてくれるマリーを頼る。

マリーはそんなロゼッタを見ていると、懐かしい親友の姿と重なった。

「そんなことはありませんわ。リアム様も、ロゼッタ様が緊張されていると気付いていますよ。何も心配いりません」

（この子の中には、確かにあの子の血が流れているわね。本当に可愛《かわい》らしい）

二千年も前の話だが、当時のマリーはとても粗暴な騎士だった。

そんなマリーにお嬢様言葉を教えたのは――クラウディア家のお嬢様だ。

物怖《ものお》じしない性格だったロゼッタの先祖は、粗暴なマリーともすぐに打ち解けて親友になった。

住む世界の違う相手だったが、不思議と乱暴なマリーを毛嫌いせず受け入れてくれた。

時々悪戯《いたずら》をされた事もあったが、今ではいい思い出だ。

（あの子も結婚式の前に随分と緊張していたわね）

ロゼッタの姿を見ていると、自然と笑みがこぼれる。

すると、ロゼッタが俯《うつむ》いてしまったため、マリーが心配して声をかける。

「どうされました？」

「え、えっと、今まで色々とあって考えてこなかったのだけれど――リアムを何と呼べばいいのかしら？　婚約者なのだけど、呼び捨てというのも何か違うし」

こんな時に何を言い出すのか？　そんな風に責められると思ったのか、ロゼッタは恥ずかしそうにしていた。

マリーは一つ思い出す。

（そう言えば、あの子が言っていたわね。好きな人を呼ぶ際には――）

あの子が言っていたから間違いないだろうと、マリーはロゼッタに呼び方を教える。

「それでしたら、旦那様は天城とかぶってしまいますわ。ですからダーリンなどいかがでしょうか？」

「ダーリン？」

「はい。そう呼んでいる者たちもいませんし、ロゼッタ様だけの呼び方になりますわ」

「ダーリン――そ、そうね。これからはそう呼ぶわ！」

喜ぶロゼッタの姿を見て微笑むマリーだったが、周囲にいた女性騎士や侍女たちは何故か微妙な顔をしていた。

それに二人は気付かなかった。

◇　◆　◇　◆　◇

婚約式。

大勢の前で誓いのキスをするのは、地球も星間国家も同じらしい。

こんなところは似ているんだな～と思ったが、今はベールに包まれたロゼッタの顔が見たかった。

神父みたいな役回りの男が、誓いのキスをしろと言うので向き合う。

ここが最大の見せ場というか、俺的には一番の盛り上がりポイントだ。

きっと、ベールの下でロゼッタは悔しさに下唇でも噛《か》んでいるに違いない。

もしくは、無表情で俺への憎悪を心の中で抱いているかも？　とにかく、女性にとって大事な場面で好きでもない男と結ばれるシチュエーションだ。

ロゼッタは悔しくてたまらないだろう。

そんなロゼッタに優しく話しかけてやる。

「ロゼッタ、気分はどうだ？」

声をかけるが、ロゼッタの返事はなかった。

きっと、悔しさに声も出ないのだろう。

「お前の全ては俺のものになる。お前の家族も、お前が受け継ぐはずだった爵位も――全て俺が手に入れた」

ゆっくりとベールを持ち上げると、ロゼッタの顔は下の方から見えてくる。最初に見えてくるのはアゴの辺りだ。普段から白い肌は、化粧して更に磨きがかかり綺麗だった。

ベールをもう少し上げると、唇が見える。口紅で鮮やかになった唇は瑞々《みずみず》しい。

ん？——あ、あれ？　おかしいな？　ここで歯を食いしばっていると思ったが、そんなことはなかった。

これは心が折れてしまって、無気力になっている状態か？

それはそれで見物だな。

ゆっくりとベールを持ち上げ、ロゼッタの顔全体を確認すると——頬を染めていた。

潤んだ瞳は輝き、俺だけを見ている。

——おい、ちょっと待て！　これはおかしいだろ！

お、お前は、どうして恋する乙女のような顔をしているんだ!?

もしかして、もう俺に抵抗するのを諦めたのか？　お前、それでも鋼の精神を持つ女か！

予想外の表情に不意を突かれ、戸惑う俺にロゼッタが涙を一つ流した。

「こんなわたくしを受け入れてくださりありがとうございます。ダーリン、私は！　私はずっとダーリンの側にいます！」

——ダーリン!?　お、お前は、変な物でも食べたのか？

俺に気を使った医者が、こいつを教育カプセルの使用中に洗脳したのかと疑うレベルだ。

だ、だが、メイドロボたちは「通常の処置を行いました」と俺に告げている。

そこに何もなかったという証拠だ。

あいつらは、俺に嘘《うそ》がつけないから、それは間違いないと思うのだが――。

ロゼッタが目を閉じて、少し顔を上げて俺に身を寄せてくる。

もっと嫌がると思っていたのに、これは想定外だ。

それにしても――よく見るとロゼッタは可愛いというか、美人？

綺麗だった。

とにかく俺は、婚約式を進めるためにキスをした。

ロゼッタが一筋の涙をこぼす。

もしや、俺を騙《だま》そうとしているのか？

そ、それならまだいいのだ。

俺の寝首をかこうとするだけの心が残っている証拠だからな。

俺は緊張しながら唇を離した。

「ロゼッタ――これからが楽しみだ」

お前を屈服させてやるという気持ちを込めた言葉だった。

ついでに笑みを見せると、ロゼッタが指で涙を拭って輝くような笑顔を俺に向けてくる。

「はい、ダーリン」

――ちょっと待てよ！　お前、本当に堕《お》ちてないよな!?　これから堕ちていくというか、

折れる場面だろ？　新田《にった》君の話と違うじゃないか!?

◇　◆　◇　◆　◇

会場では、戸惑っているリアムを見て笑い声が上がっていた。

馬鹿にするものではなく、初々しいと微笑《ほほえ》ましく見守っている。

そんな中、ウォーレスは——整列したリアムの騎士団を見ていた。

筆頭騎士にクリスティアナ。

次席にマリー。

二人とも、突如として出現した有能な女性騎士だ。

「リアムはどこからあんな人材を探してくるんだ？　あの二人、宮殿でも滅多に見かけないレベルの騎士だぞ」

そして、婚約式では、届いた祝辞が読み上げられている。

その中には宰相のものもあったが、ウォーレスは気にせず静かに酒を飲む。

（宰相もリアムに期待しているのか？　いや、あの古狐《ふるぎつね》はそんな優しい奴《やつ》じゃない。きっと、バークリー家と天秤《てんびん》にかけているはずだ）

だが、リアムは、帝国の宰相が目をかけるだけの存在ということになる。

ウォーレスは酒を飲みながら微笑する。

「パトロンが有能で嬉《うれ》しい限りだ。私も少しばかり協力するとしよう。――パトロンがいなくなったら困るからな」

意味ありげに微笑むウォーレスだったが、その姿を横目で冷たく見るエイラが口を開く。

「何で大物ぶっているの？　お前にそんな力はないだろ？」

リアムやクルトに対する態度とは違い、エイラはウォーレスにだけは冷たく口調も悪かった。

「す、少しくらい協力できるさ！」

「どうだかね。足を引っ張らないでくれた方が、リアム君のためになるんじゃない？」

エイラの言葉がウォーレスの胸に突き刺さった。

◇　◆　◇　◆　◇

婚約式のパーティー会場。

予定もほとんどが終わり、仕事が終わった騎士たちにも酒が振る舞われていた。

席について酒や料理を楽しむ騎士たち。

筆頭騎士であるティアも参加しており、リアムの婚約を喜んでいた。ティアの周囲には、海賊に捕まって地獄を見た騎士たちが多く集まっている。

ティアたちの話題は当然リアムに関するものだ。

「リアム様が無事に婚約されて私も嬉しいわ」

「ティア、あんたは自分が正妻になりたいんじゃないの？」

「まさか。恐れ多いわよ。リアム様は私には眩《まぶ》しすぎるわ。側《そば》でお仕えできるだけで幸せよ」

会話に花を咲かせているティアたちのテーブルに、様子の違う一団がやって来る。

同じリアムの騎士でありながら、新たに加わった異質な一団だ。

そのリーダー格の騎士は、ティアに近付くと顔を近付けてきた。

「お前がクリスティアナね？　こうして直接話をするのは、お互いに初めてね」

マリーがティアを呼び捨てにすると、周囲が凍ったように静かになる。

静まりかえる宴会場で、ティアは酒を飲みつつ視線だけをマリーへと向けた。

「そうだな、駄犬。私に何か用か？」

ティアもマリーへの態度は失礼極まりなかった。

「貴女《あなた》、海賊に捕まったんですって？　そんな弱い女が、リアム様の筆頭騎士なんて荷が重いと思わないのかしら？」

クスクスと嘲笑《あざわら》うマリーは、ティアを挑発していた。

ティアを馬鹿にされては、こちらも黙ってはいられない。

周囲にいた同じく海賊に捕まった騎士たちが、殺気を放って今にも武器を手に取りそうだった。

剣呑《けんのん》な雰囲気に包まれると、ティアがマリーにグラスに入った酒をかけた。

「石化されていたお前たちに言われたくないわね」

マリーが素早く剣を手に取り、ティアの喉元に刃を当てる。

だが、ティアのレイピアもマリーの胸元に当てられていた。

一瞬で二人が武器を抜き、互いに向けると周囲も武器を抜いて向かい合う。

睨《にら》み付けてくるマリーが、不気味な笑みを浮かべて刃を納めた。

「短い間でしょうが、筆頭騎士としてリアム様のために励みなさい。その地位は、あたくしのものになるのだからね」

ティアも刃を納めるが、その目は冷たい光を放っている。

「お前には次席の地位も重いだろう？　ロートルは引っ込んでいろ。いや、化石と言った方がいいのかな？」

ティアの挑発に、マリーの口調が荒ぶる。

「小娘が！　今すぐ叩《たた》き潰して、ミンチに戻してやろうか？　いや、それとも海賊共の慰み者がいいかしらね？」

「やれるものならやって見なさい。また石化させて、今度は間違って蘇《よみがえ》らないように粉々に砕いてあげるわ」

互いに火花を散らす二人。

周囲は困っている騎士もいれば、そんな二人を蹴落として自分が筆頭の地位にと考えて

いる者もいた。

我関せずという立場の騎士もいる。

ティアとマリーに味方をする騎士たちもいて、派閥争いが表面化していた。

リアムが領地を受け継いだときとは違い、大勢の騎士たちが今はバンフィールド家に存在している。リアムに仕官したいと望んだ騎士もいれば、助けられた恩を返すために仕官した騎士もいる。

成り上がりたい者、ただ暴れたいだけの者――とにかく多くの騎士たちが仕官していた。

力を付けているバンフィールド家には、次々と有能な騎士たちが集まって来る。

しかし、そんな実力のある騎士たちをまとめ上げる人材がいない状態だ。

ティアとマリーがその候補なのだが、二人とも協力するつもりなど一切無い。

どちらか一人ならばうまくまとまったかもしれないが、実力が拮抗《きっこう》している有能な人材はこの場に二人いる。

残念なことに、そんな二人はお互いにリアムの筆頭騎士の地位を譲るつもりがない。

マリーが離れていくと、ティアが殺意のこもった視線を向けていた。

「駄犬、お前はリアム様に不要だ。すぐに消してやる」

立ち止まったマリーが顔だけ振り返ると、血走った目でティアを見ていた。

「お前こそリアム様には不要だ。すぐに証明してあげるわよ、ミンチ女」

二人は互いを敵だと認識していた。

ピリピリとした宴会場の中に、最近になって仕官した一人の騎士がいた。

(仕官する家を間違えた)

ティアとマリーの罵り合いにはじまり、騎士同士の下手をすれば血が流れるような派閥争いを前にして後悔している男の名前は【クラウス・セラ・モント】である。

少し疲れた三十代くらいに見える騎士は、ティアやマリーのように特別有能な騎士ではない。

◇◆◇◆◇

ただし、無能でもなかった。

(条件がいいから仕官してはみたが、まさかここまで酷《ひど》いとは思わなかった)

このクラウスという男だが、以前仕官していた家から暇を出されている。

経済的な理由による解雇だったが、悲しいことにクラウスは騎士としては「いい人」過ぎる人物だった。

手柄は上司や同僚ばかりか、後輩にまで奪われて評価が低かった。

また、何かミスをすれば都合よく押しつけられる。

泣き落とされ、頼み込まれると断れない性格もあって、気付けば仕事は出来ないのにミスばかりする無能扱いだ。

無能の烙印《らくいん》を押されたクラウスは、仕官していた家が傾くとすぐに解雇された。

そんなクラウスが何とか仕官できたのが、騎士不足に悩んでいたバンフィールド家だ。

最近力を付けてはいるが、譜代の家臣たちがいないため騎士が不足している。

評価の低いクラウスが仕官できたことからも、急いで騎士を集めているようだ。

ただ――仕官して内情を知ると、クラウスは後悔せずにはいられなかった。

(家族もいるから辞めるに辞められないが――正直、前の仕官先と比べると別の意味で酷いな)

条件がいいので飛び付いたクラウスだが、待遇自体は悪くないと思っている。

給与は高めだし、仕事は忙しいが休みもある。職場環境だけならば、前の仕官先よりも格段に快適だ。

だが、派閥争いが酷い。本当に酷い。

とても有能な騎士であるティアやマリーがいるのに、騎士団にまとまりがない。いくつもの派閥が出来て、自分たちこそがリアムの筆頭騎士に――と、狙っている強者たちが多かった。

クラウスは小さく溜息《ためいき》を吐《つ》く。

(私のような騎士には、場違いな場所だったな)

周囲は血の気の多い有能な騎士たちで、誰もが成り上がろうとしている。そんな中に、平凡を求める自分のような騎士は不釣り合いだと感じていた。

今すぐにでも辞めたいクラウスだったが、実績がなく無能の烙印を押された騎士に次などないだろう。

しばらくは我慢してでもバンフィールド家で働くしかなかった。

（でも、これは流石《さすが》に酷いよな）

婚約式が終わって、和やかな宴会場のはずが――同じ家に仕える騎士たちが、互いに睨み合って今にも殺し合いをはじめそうな雰囲気を出していた。

（もう家に帰りたい。家族の顔を見て眠りたい）

まともな騎士のクラウスは、個性の強いバンフィールド家の騎士団でこれからうまくやっていけるのか不安になる。

◇　◆　◇　◆　◇
――ロゼッタ、お前にはガッカリした。

「ダーリン、この服は似合うかしら？」

「あぁ」

「よかった。天城《あまぎ》に選んでもらったのよ」

「そうか」

ロゼッタは格にあった衣装やら道具を持っていなかったので、トーマスを使って色々と商品を持ってこさせた。

そこから適当に選べと言ったら、大喜びで服を選んでいた。

今は、トーマスから購入した服を嬉《うれ》しそうに俺に披露している。

鋼の精神を持つ女だと思っていたのに、こうも簡単に堕《お》ちてしまうとは――新田君《にった》が言っていた「即落ち二コマ」というやつだろうか？

――こんなの許されない！

ロゼッタが、ドレスを着用してその場で一回りする。

縦ロールの髪がふわりと浮かび上がり、ゆっくりと元に戻っていく。

見ている分には美人な嫁というか、婚約者だ。

性格も慎《つつ》ましい。そもそも、実家で貧しい暮らしをしてきただけあって、金遣いは公爵令嬢とは思えない程だ。

俺は詳しく知らないけどな。だってロゼッタの買い物に興味がない。

支払いは全て俺だが、ロゼッタが俺の用意した予算内でやりくりしているなら何の問題もない。金遣いが荒かったら文句を言ってやるつもりだったが、その必要もなかった。

婚約式を焦ってする必要はあったのだろうか？

それよりも、そろそろ幼年学校へと戻る時期が近付いている。

戻ったら何をしようか？　そんなことを考え、現実逃避をしているとロゼッタが恥ずかしそうに話しかけてくる。

「ダーリン、明日の予定のことなんだけど」

「墓参りだろ？　俺も顔を出せばいいんだろ？」

ロゼッタの婆《ばあ》ちゃんだが、孫娘の晴れ姿を見るとその後すぐに眠るように、というやつだ。

ロゼッタもガン泣きしていたよ。今は立ち直っているようだが、お墓にいくと色々と思い出すらしい。

それで、俺がもの凄《すご》く感謝されている。ロゼッタのお袋さんには、何度もお礼を言われて泣かれるし、ロゼッタにはダーリン扱いだ。

ここまで感謝されるなんて想定外だ。

どうしてこうなった？

そう考えていると、部屋にある巨大なモニターがドラマを放送する。

「あ、もうこんな時間ね」

ロゼッタをメインヒロインにしたドラマが放送されることになった。見せてやれば、悔しそうにするかと思って教えてやったら、本人は照れまくっていた。

お前はそれでいいのか？　俺との出会いが美談になっているが、実際は違っただろ？もっと抵抗して見せろよ！　「こんなのわたくしじゃない！」とか、言ってみろよ。

ドラマを見るロゼッタは、自分の扱いに少し戸惑っていた。

「まるでお姫様みたいな扱いね。わたくしじゃないみたい」

モニターの中のロゼッタ役の女優は、普通に綺麗《きれい》だった。

本人は大喜びのようで、それは良かったと安心――違う。そうじゃない！

俺が座っているソファーの隣に、ロゼッタは照れながら腰を下ろす。

微妙に距離があるのだが、それを恥ずかしそうに詰めてくる。

何て可愛《かわい》らしい奴《やつ》なんだ。だが――幼年学校で鋼の女と呼ばれたお前はどこに行った？

いや、勝手に俺が呼んでいただけだが、今のお前はまるで恋する乙女ではないか。

ドラマを見ていると、ロゼッタが困惑する表情を見せた。

「わたくしの実家、こんなに大きな屋敷じゃないのに」

などと、時々貧乏エピソードを呟《つぶや》くのでいたたまれない。

ドラマの終盤には、美形の俳優が俺の役で登場した。どうでもいいが、俺も反応に困るな。俺より美形とか普通に苛々《いらいら》するが、これが俺より醜いとそれはそれで腹が立つ。

ドラマの内容だが、幼年学校入学少し前からはじまっている。

ドラマの中の俺は無駄に格好いい。

台詞《せりふ》も領民を思いやる優しい領主という感じで、いかに俺という存在を領民が理解できていないか知ることが出来た。

きっと、こうあって欲しいという領民たちの願望だろう。

だが、無意味だ。俺は領民に優しい領主ではないのだから。

それにしても、撮影場所が気になるな。

「あれ？ 俺の屋敷とよく似ているな」

屋敷の再現率高いな～と思っていると、ブライアンがサービスワゴンを持ってやって来た。どうでもいいが、こいつは今日も幸せそうな顔をしている。

俺とロゼッタが仲良くしているのが、嬉しくてたまらないらしい。

「失礼いたします。お飲み物をご用意いたしました」

ロゼッタと何を話していいのか分からず、俺はやって来たブライアンに話を振る。

「見てみろよ、ブライアン。うちの屋敷にそっくりだぞ。屋敷の再現率の高さは褒めて良いと思わないか？」

笑っている俺に、ブライアンがお茶を用意しながら事実を話す。

「当然でございます。当家の屋敷を撮影場所として、一部を貸し出しましたからね。いや～このブライアン、昔は役者を目指していたこともございまして、年甲斐《としがい》もなく興奮してしまいました。このブライアンもちょい役で出演しておりますぞ」

広すぎる屋敷の一部を撮影場所として貸し出したようだ。

似ているわけだ。そもそも、俺の屋敷だった。

お前も関わっていたのか、ブライアン。というか、冒険者を目指していたのか、役者を目指していたのかハッキリしろよ。

照れながら「昔から憧れていた女優さんにサインをもらいましたぞ」などと嬉しそうに報告してくる。

そうか、それはよかったな。

ドラマを見ていると、気の強いお嬢様のロゼッタが貴公子然とした雰囲気の俺と出会って今回の放送は終わりだ。

色々と突っ込みどころ満載の内容だった。

ロゼッタは楽しそうにドラマを見ていたが、やはり恥ずかしいのか少し照れている。

ドラマが終わると、ロゼッタが俺の方を見ていた。

何か期待しているようだが、言わないと分からないぞ。

そう思っていると、部屋にウォーレスが飛び込んでくる。

「リアム、幼年学校に戻ろう！」

「出発は三日後だ」

即答してやると、ウォーレスが絶望した顔をしていた。そんなウォーレスに、ロゼッタが少し不満そうな顔を向けている。

俺はウォーレスが幼年学校へ戻りたい理由を尋ねる。

「何か理由があるのか？」

ウォーレスに聞けば、返ってきたのは情けない答えだ。

「セリーナだよ！　あの鬼婆《おにばば》が、私のマナーがなっていないと厳しいんだ。せっかく後宮を出たのに、あの頃と変わらない暮らしなどごめんだぞ！」

セリーナから逃げたいために、幼年学校へ戻りたいようだ。

こいつアホだな。マナーさえ気を付けておけば、セリーナは文句を言わない。

俺も口の悪さを咎《とが》められることはあっても、それだけで済んでいる。

「いい機会だ。残りの三日間は、更に厳しく躾《しつ》けてもらえ」

「裏切ったな、リアム！」

「お前のためを思って言っているんだよ、ウォーレス」

すると、侍女たちが来て俺に頭を下げるとウォーレスを回収して連れて行く。

「嫌だぁぁ！」

ウォーレスの叫び声を聞きながらお茶を飲む。

子分としてウォーレスを引き取ったのはいいが、何故《なぜ》か思っていた展開と違う。

世の中、誤算ばかりだ。

すると、ブライアンが面白い報告をしてくる。

「ところでリアム様。開拓惑星より、何やら面白い物を発見したとの報告がございました」

「面白い物？」

「はい。偽物でしょうが、縁起物ですね。惑星開発装置をご存じですか？」

惑星開発装置。開拓惑星を人が住める環境にする装置だ。

「色々とあると聞いたな。その装置がどうした？」

「今ある装置よりも、古代文明の装置は優れていたそうです。それに似た道具を発見した
と報告がございました。リアム様はそう言った道具がお好きと聞いておりましたので、屋

敷に運ばせております」

俺は口に手を当てて考える。以前もこのようなことがあった。

ほとんど案内人が関わっており、俺は莫大《ばくだい》な富を得られた経緯がある。

「すぐに確認する。ロゼッタ、お前は部屋で休んでいろ」

「そうさせてもらいます」

立ち上がると俺は、ロゼッタに休むように伝えてブライアンと部屋を出た。

去り際に見たロゼッタだが、少し寂しそうにしていた。

俺ともっと話がしたかったのだろうか？——お前はそんな女だったか？

◇◆◇◆◇

屋敷に運び込まれたのは、青い球体だった。

サッカーボールほどの大きさで、張り巡らされた線が模様を描いていた。

淡く発光して綺麗である。

球体を眺める俺に、ブライアンが解説してくれた。

「これ一つを惑星の近くに置くことで、人が住める環境にする装置でございます。開拓団のお守りのようなものとして、今も模造品が作られておりますね」

「それは凄いな」

「ただ、惑星を豊かにすると同時に、使用を間違えると惑星を死の星にもしてしまいます。吸い込んだエネルギーをエリクサーに変換するため、古代の文明ではいくつもの死の星を作り出した怖い装置でもありますぞ」

荒廃した惑星を豊かにすることも出来るが、逆も可能ということらしい。

触っていると、球体が赤くなる。

「おや、赤く光るとは珍しいですな。普通は、青く光るだけに作られるのですが」

「そうか」

これは大当たりかもしれないな。本物の可能性が高い。

そして、俺は以前にレーゼル家で手に入れた首飾りを思い出す。

金のネックレスだが、気になったのでついでに聞いてみることにした。

「ブライアン、こっちに何か覚えはないか？」

「そちらですか？　ふむ——リアム様は縁起物を引き寄せますな」

「縁起物？」

「はい。そちらは毒や悪意ある呪いを退ける首飾りでございます。代々の皇帝がこれを求めたという逸話は多いですぞ」

レーゼル家で手に入れた首飾りは、ブライアン曰《いわ》く縁起物らしい。

普段から身につけていたが、どうやら今後も持って置いた方がいいだろう。

案内人からのプレゼントかもしれないからな。

さて──問題はこの惑星開発装置だ。

「ブライアン、その装置の詳しい使い方を教えろ」

俺が興味を示せば、ブライアンが微笑《ほほえ》みながらレクチャーしてくる。

「リアム様も冒険の話に興味があるようで、このブライアンは嬉《うれ》しく思いますぞ。では、古い文献の通りであれば──」

ブライアンから使い方を聞き出した俺は、すぐに宇宙へと上がるのだった。

◇　◆　◇　◆　◇

リアムが宇宙へと上がった頃。

ロゼッタは、天城《あまぎ》を呼び出して二人で向かい合っていた。

天城は無表情だ。

「ロゼッタ様、何か？」

「ブライアンやセリーナから、ダーリンの話を聞いたわ。両親に放置されて、代わりに天城が母親の代わりをしてきたのよね？」

天城は頷《うなず》く。

「旦那様のご両親、そして祖父母は首都星にいます。育児などはされませんでしたので、代わりに私を用意したのです」

そして天城は、自分の存在をロゼッタが不快に思うだろうと判断しながら言う。

「私の存在がご不満でしょうが、旦那様の決定には逆らえません。出来る限り、顔を合わせないようにいたします」

人形を側《そば》に置くというのは、リアムの唯一の欠点とされている。

天城がいては、ロゼッタも心穏やかではいられないだろう。――天城のそんな気遣いに対して、ロゼッタは予想外の反応を見せる。

「お待ちなさい。わたくしがその程度の事で文句を言うと思っているのですか！」

「ロゼッタ様？」

ロゼッタは、自分が作った品を天城にプレゼントする。

「手慰みに覚えて作ったものよ。これくらいしか、今のわたくしが貴女《あなた》に贈れる物はないわ」

バンフィールド家の領内で買ったものではなく、トーマスから取り寄せたものでもない。

ロゼッタが用意したのは、紐《ひも》を編んで作られた組紐だった。

「いただいてよろしいのですか？」

「当然じゃない！　貴女はダーリンの大事な人なのでしょう？」

天城は微笑むが、少し悲しそうだった。

「そう、なのでしょうね」

天城は、ロゼッタから組紐を受け取るとお礼を言う。

「奥様、ありがとうございます」

奥様と呼ばれ、ロゼッタは照れてしまう。

「ま、まだ奥様ではないわよ。気が早いわね、天城」

「そうでしたね。――ロゼッタ様、旦那様のことをよろしくお願いいたします」

天城はロゼッタに深々と頭を下げた。

◇◆◇◆◇

宇宙空間。

人が宇宙で戦争をするようになると、大量のデブリ――宇宙ゴミが漂うようになった。戦争の生々しさがずっとその場に残っている。

そんな場所にアヴィドでやって来た俺は、惑星開発装置を試すことにした。ブライアン曰く、惑星開発装置は生命力を操作する装置らしい。

「さて、どうなるか」

惑星開発装置に触れて操作すれば、球体が赤く染まって周囲に漂う生命力を吸い上げはじめる。

どうしてこんな場所に生命力があるのか？　この戦場跡に漂っているのは、開拓惑星に攻め込んできた海賊たちの魂的な何かだ。

生命力を吸い上げて、エリクサーを精製するのが惑星開発装置のもう一つの使い道だった。

自領で使うにはためらわれるが、海賊相手なら問題ない。

惑星開発装置が生命力というか——辺りに漂う魂的な何かを吸い尽くして光が落ち着く。

終わったことを確認した俺は、惑星開発装置を調べてみる。

「ブライアンが言うには、ここをこうしてっと」

弄《いじ》り回していると、球体から赤い液体がこぼれた。

膝の上に落ちた液体は、固まって石になりポロポロと床に落ちる。それを手に取って瞳の前に掲げた。覗《のぞ》き込むと、確かにエリクサーの特徴を持っている。

「本物のエリクサーか？　こいつは凄《すご》いな。自前でエリクサーまで手に入るようになったぞ！」

拾い集めるも、いくつかは見当たらなかった。探すのを途中で諦めたのは、もうエリクサーを必死に拾い集める必要がなくなったからだ。

瓶を取り出し、惑星開発装置からエリクサーをそそぐ。

「これだけでどれだけの価値になるかな？」

エリクサーで満たされた瓶を揺らす。チャポチャポと音を立てるが、瓶の中で時には凝固し、そして崩れて液体に戻った。とにかく不思議な液体だ。

偶然見つかった惑星開発装置——いや、これは必然だろう。

「こいつも本物だったわけだ。案内人に感謝しないといけないな」
次々に俺の手元にお宝が集まってくるのは、案内人が俺を見守っている証拠だ。
そうでなければ、こんなお宝が次々に俺の手元に集まるはずがない。
幸運ではなく必然。
デリックと手を組まなくても、こうしてエリクサーが手に入る目処《めど》が立った。
やはり俺は案内人に守られている。
ただ、最近は案内人が姿を見せない。――あいつは元気にしているだろうか？
俺が心配をしても仕方がないと理解はしているが、やはり気になってしまう。
こうして俺のために色々と手を回し、アフターフォローも万全のあいつのことだ。
きっと、元気なはずだが、会えないのは少し寂しいな。
直接お礼を言ってやりたいのに、その機会が巡ってこない。
「この前は照れていたし、顔を出しにくいのかな？　あいつ、意外に可愛《かわい》い奴《やつ》だよな」
だが、お礼の気持ちは大事だ。忘れてはいけない。
この気持ちが案内人に届くように、俺は目一杯の感謝をする。
「案内人、ありがとう。これで俺はまた力を得たぞ」
ただ――正直に言うと、エリクサーが不足しているという事はない。
錬金箱で荒稼ぎをしている俺は、エリクサーだろうと余裕で購入できてしまう。
エリクサーを大量に用意できるようになったが、その必要性は薄かった。

「わざわざエリクサーを精製するために、開拓惑星を滅ぼしても意味がないからな。いっそ、こいつは要塞級に積んで、開拓惑星の開発に利用するか」

ニアスから購入した要塞級だが、臨時の防衛基地には十分だった。

それを開拓惑星に配備し、こいつを配備して豊かにしよう。

惑星開発装置自体は、普通に使えば生命力を育ててくれるだけの装置だ。生命力にあふれる惑星は、動植物が活《い》き活《い》きとして発展しやすいと聞いた。

エリクサーを精製するよりも、本来の使い方がうちでは求められている。

普通に使った方が俺のメリットが大きい。

「こいつは要塞級に縁起物として送っておくか」

石像に埋め込んで隠しておけば、分からないだろう。

惑星開発装置を掲げる俺は、案内人のプレゼントに自然と笑みがこぼれる。

「こんな便利な道具を次々に送ってくるなんて、案内人もマメだよな。今日も感謝しておくとするか」

◇　◆　◇　◆　◇

その頃の案内人は、首都星で両手を広げていた。

「ふははは！　何千年も溜《た》め込んだ負の感情が、私に力を与えてくれる！　首都星の負の感情は底なしだな！」

　負の感情の吸収効率が悪くなった案内人だが、首都星のような場所では負の感情に困らない。何千年という負の感情の蓄積が、案内人に力を与えていた。

　今では力を取り戻しつつあったが、それでも以前の力には遠く及ばない。

　リアムの感謝の気持ちが、案内人の力を常に奪っているためだ。

「これで忌々しいリアムを地獄に落としてやれる。待っていろよ、リアム！」

　以前ほどの力は取り戻していないが、それでもリアムを殺すには十分すぎる力を取り戻していた。

「まずは何をしようか？　世界がリアムの敵になるように動くか？　いや、もういっそこの私の手で！」

　リアムを殺せると喜んでいる案内人だが、その姿を隠れ潜んで覗いている光があった。

　光はぼんやりと犬の輪郭を見せている。

　リアムを殺そうとする案内人に、牙をむき出しにして唸《うな》っているような姿を見せて怒っていた。

　ただ、急に犬が空を見上げた。

　首都星の空は、金属に守られている。惑星を丸ごと包み込んでいた。そんな金属の隙間から、リアムの感謝が形になった黄金の槍《やり》が案内人目がけて飛んできた。

　黄金に輝く槍が、高笑いをしている案内人の背中に見事に突き刺さる。

「はうわっ！」

突然の衝撃に、案内人が叫んだ。

槍は案内人を地面に縫い付けている。

「な、ななな、何が起きた!?」

案内人も困惑し、黄金の槍を抜こうと手で握ると触った瞬間に皮膚を焼いた。

煙が出て焦げ臭い臭いが広がる。

「いぎゃぁぁぁ！　こ、これはリアムの感謝の気持ち!?　な、何故《なぜ》だ！　私はまだ何もしていないのに！」

特大の感謝の気持ちが形を得て突き刺さり、案内人は苦しみもがく。

「う、奪われていく。せっかく手に入れた力が——苦労して集めた私の力が奪われて——こんなことが許されるのか？　おのれ、おのれ！　リィィアァァムゥゥゥ！」

今回は何もしていなかったのに、結局リアムの感謝に焼かれる案内人だった。

犬はその姿を確認すると、どこかへと向かうのか消えていった。

エピローグ

　黄金の槍に焼かれた案内人は、復讐《ふくしゅう》に燃えていた。

「リアムだけは絶対に許さない。私をここまで虚仮にしたのは、あいつが初めてだ」

　案内人をここまで追い込んだのは、リアムが初めてだ。案内人は今までこんな屈辱を味わったことがない。必ずリアムに地獄を見せてやると決意を新たにする。

　しかし、ここで問題が一つ。

　今のリアムを地獄に落とそうとするのは、ハッキリ言って今の案内人には無理だった。

　名君と称《たた》えられるリアムは、案内人が嫌う正の感情を集めている状態だ。

　領民たちに慕われ、そして崇《あが》められている。

　そんな状態のリアムには、案内人も簡単には復讐できない。

　だからといって諦められるものでもない。――ならばどうするか？

「リアムに復讐心を抱く奴は多い。そういった連中に接触し、復讐の種をまくとしよう。いずれ、大きな花を咲かせるはず」

　胸を押さえ、苦しみながら案内人はリアムに強い復讐心を抱く人物たちを捜す。

　そして、強い反応をいくつも見つける中――際立った二人を見つけた。

「こっちか！」

案内人が扉を出現させると、そこをくぐってリアムに復讐心を抱く人物のもとにやって来た。

その人物は安士《やすし》だった。

安士は路地裏で頭を抱えている。

その姿を見て、案内人が叫ぶ。

「またお前かぁぁぁ！」

リアムを手が付けられない強さにした張本人が安士だ。一閃《いっせん》流というわけの分からない流派を生み出し、リアムを強くしてしまった剣の師だ。

「お前はここで殺しておく。私がこんな目に遭ったのも、元々はお前が余計なことをしたからだぞ！」

案内人は、リアムを強化した安士に良い思い出がない。

だから、この場で殺そうとするのだが——安士の言葉を聞いて手を止めた。

「何だよ。一閃流って！　俺の名前まで広めやがって、あいつ絶対に許さねぇ」

幼年学校での機動騎士トーナメントの試合中継後、リアムの流派が話題になっていた。

リアムは一閃流を公言しており、当然ながら気になる者たちは調べるわけだ。

一体誰からリアムは剣を学んだのか？

そして、当然のように安士は追われる身になっている。一閃流を学びたい者、安士を倒して名を上げたい者。一番厄介なのは、リアムを強くした安士に恨みを抱く海賊たちだ。

リアムには勝てないから、安士の命を狙いだした。

安士はリアムのせいで、命を狙われる立場になっていた。

案内人は安士を観察する。安士は、リアムに対して恨みを持っていた。

「くそ！　このまま下手に負けて一閃流なんてデタラメだったと言えば、激怒したリアムが殺しに来る。だが、誤解を解かずにいれば海賊たちが俺を殺しに来る。俺は一体、どうすればいいんだ!?」

安士は、案内人が見ている前で決断した。

「やられる前にやらないと、俺がリアムに消されちまう。こうなったら、新しい弟子を用意して鍛えないと。ひ、一人じゃ駄目だ。二人がかりならどうだ？　リアムと同じように鍛えれば、きっと勝てるはずだ」

その考えに、案内人は拍手を送る。

だが、安士には案内人の姿も見えず、拍手も聞こえてはいない。

「安士、私は君を信じていたよ」

安士は二人の弟子を鍛えて、リアムの命を狙うことを考えた。それが無理でも、二人の弟子に自分の命を狙う奴らから守ってもらおう、と。

「リアムより才能のあるガキさえいればなんとかなるはずだ。以前にリアムからもらった金がまだあるからな。何としても鍛えて、リアムへの刺客に育てないと」

その考えに、案内人も大賛成だった。

「素晴らしい。その考えに私も賛成だ。そして、私からのプレゼントだ」

案内人が指を鳴らすと、黒い煙が周囲へと広がる。

「――才能のある子供たちに出会わせてやる。必ず強く育てるんだぞ、安士」

すると、少し離れた場所で争う声が聞こえてくる。

安士はびくつきながらも、そちらの方を覗《のぞ》く。

そこでは幼い子供たちが、棒を持って自分たちを襲ってきた男を殴り倒していた。

痩せ細った体で、大きな木の棒を握りしめている子供たち。

棒には血が付いており、大男が地面に倒れ伏している。

二人の子供が、獣のような目つきで安士を見る。

「ひっ！」

次は安士に襲いかかろうと、近付いてくる子供たち。

案内人は、安士に聞こえていないが説明する。

「この近くで才能を持つ子供を見つけて用意した。鍛えてやるといい。リアムを殺すため、真の一閃流継承者を用意しろ、安士！」

安士は、逃げ腰になりながらも懐から食べ物を取り出し、二人に投げ与える。それは自分が食べようと購入した安い惣菜《そうざい》パンだ。

それを受け取った二人は、安士を警戒しながらも袋を引きちぎるように破って獣のように食らいついていた。

ガツガツと食べる姿を見ながら、安士もこの子たちならばあるいはと思ったようだ。

「こいつらなら、鍛えればきっとリアムも超えられる。ガキなのに、大きな男を倒せるんだ。きっと強くなる」

そして、安士はパンを食べ終えた二人の子供に声をかける。

「君たち、拙者のもとで一閃流を学んでみないか？」

案内人はその姿を確認して満足すると、次の復讐者のもとへと向かう。

「さて、次は誰かな」

◇　◆　◇　◆　◇

そこは軍の再教育施設。

再教育を受けていたユリーシアがいる場所だ。

「おや、この女はリアムのところにいた奴《やつ》か？」

厳しい訓練に耐えているユリーシアの姿は、以前とは大違いだった。

目つきは鋭くなり、綺麗《きれい》だった長い髪は短くなっている。

どういうわけか、特殊部隊に入隊するための訓練を受けていた。

泥にまみれ、教官に投げ飛ばされ、それでも立ち上がる。

その原動力は何なのか？　案内人が調べてみると、ユリーシアの中にリアムに対する酷《ひど》く大きな恨みを感じ取る。

その執念に、案内人は感心した。

「ここまでリアムを憎む理由が彼女にあるのでしょうかね？　心の声を聴いてみましょうか」

ユリーシアの憎悪が案内人の耳には心地よく聞こえた。これはいい憎悪だと、一人でちょっと嬉《うれ》しくなっている。お気に入りの音楽を聴くような気分に浸っていた。

（絶対に許さない。絶対に許さない。絶対に許さない――リアムだけは絶対に許さない）

繰り返されるリアムへの憎悪。

案内人が力を貸す復讐者として申し分なかった。

「す、素晴らしい！　こんな逸材がいたのですね。それでは、私からのプレゼントです。貴女《あなた》が成功するように、少なからず支援させてもらいましょう」

リアムへ復讐の刃を突き立てるためにも、ユリーシアには生き残って強くなってもらわねばならない。

先程まで教官に負けていた地面に転がされていたユリーシアだが、案内人の支援を受けて一方的にやられるばかりではなくなった。

教官がユリーシアを怒鳴るように褒める。

「媚《こび》を売るばかりしか能が無い女だと思っていたが、少しは成長したな糞虫女《くそむし》！」

「ありがとうございます！」

ユリーシアの心の声はこうだ。

（必ずリアムに――復讐してやる）

案内人はユリーシアの心の声を聴き、満足そうに頷《うなず》く。

「リアムへの純粋な復讐心はとても素晴らしいですね。陰ながら応援させてもらいましたよ。貴女が、リアムに復讐してくれる日を楽しみにしています」

ユリーシアのことを調べてみると、再教育を受けているがその種類も多い。

鍛えているだけではない。

軍で出世するために、色々な分野に手を出していた。

教育カプセルを使い、特殊な訓練を受けている。ただそれは、鍛えれば鍛えるだけ、軍に長く拘束される時間が増えることも意味していた。

このままでは、何百年と軍で働くことになるだろう。

それを無視して、ユリーシアは己を鍛えていた。

第三兵器工場の販売員として、貴族の男性を狙っていたユリーシアの姿はそこにはない。

全てはリアムへの復讐のために、己の全てを賭ける復讐者の姿がそこにあるだけだ。

案内人は、満足そうにその場を離れる。

「貴女の復讐の刃が、リアムにいつか届くように祈っておきますね」

◇　◆　◇　◆　◇

孤児二人を引き取った安士は考えていた。

安宿のベッドで眠っている二人を見ながら、真剣に保身について考えていた。

自分の保身を第一に考える安士は、もう必死だった。

「もしも、暗殺に失敗したらどうしよう？」

目の前の二人は確かに才能があるだろう。

だが、リアムは強い。そもそも、手品を本物の技として再現したあり得ない男だ。

「この二人を刺客にしても、返り討ちにされたら次は俺が殺されるんじゃないか？」

ただ殺されるだけならマシだろう。

相手は貴族だ。どんな恐ろしい拷問が待っているか分からない。

時間をかけてゆっくり殺されると思うと、安士は恐怖で震えてくる。

だから、小心者の安士は考えた。

「そ、そうだ！　色々と理由を付ければいい。こいつらにも、刺客のことは黙っておこう。そうだな――兄弟子に全力で挑めとでも言えばいいか？」

リアムは何故《なぜ》か自分を尊敬している。

それを知っている安士は、自分の信用を利用することを考えついた。

「リアムも俺が『お見事！』とか手紙を持たせておけば、勘違いしてくれないかな？　それで納得してくれるかな？　いや、しかし――う～ん、刺客として送り出す時までにもっと色々と考えておくか」

自分の命可愛《かわい》さに安士は子供二人を引き取り、一閃流を教え込むことにした。

残念な事に、安士は一閃流を教えるノウハウを持っている。

リアムで実証済みだ。

「リアムと同じように鍛えて、どれだけ成果が出るのかが問題だな。普段からリアムの悪口を言っていると、こいつらから俺がリアムの悪口を言っていたのが漏れるかもしれない。うん、いっそ、こいつらの前ではリアムを褒めておこう」

そんな褒めた相手を、殺させるという所業に矛盾も感じていた。

だが、安士には余裕がなかった。

リアムのせいで広がる一閃流という幻の剣術の噂《うわさ》が原因だ。

その強さを得ようとする者もいれば、倒して名を上げたい強者たちもいる。

安士はリアムを育てはしたが、自身は強くない。むしろ弱い。そんな安士が、強者たちに追い回されるなど、悪夢でしかなかった。

安士には、手段を選んでいる時間が無い。

大急ぎで、子供たちを鍛えるしかないのだ。

だって安士は弱いから。

「よし、失敗したときのために、俺の手紙を持たせておくか。リアムを適当に褒めておけば、勘違いしてくれるだろ。してくれるかな？　してくれるといいな。出来れば、リアムを仕留めて欲しいけど」

リアムを殺すために、一閃《いっせん》流の弟子を取った安士は考える。

「出来るだけ、俺に恩を感じるように二人は育てて、リアムを意識させておくか」

混乱する安士は、自分でも何をしているのか分からなくなってきた。

◇　◆　◇　◆　◇

軍の再教育施設。

特殊部隊の養成施設では、厳しい訓練に耐えてきた軍人たちが次々と去っていた。

そんな中でも、ユリーシアは残って訓練を続けていた。

全てはリアムに復讐《ふくしゅう》する一心で、だ。

洗面所の鏡を見る。

自慢だった綺麗な髪を切り、体を鍛え直したおかげで筋肉が付いている。

だが、女性らしさも捨ててはいなかった。

理由は単純だ。

「次の強化でもっと綺麗にならないとね。この体も、リアムへの復讐の道具だから」

自分を興味もなく袖にした男――それがリアムだ。

そんなリアムへの復讐は何か？

ユリーシアが行き着いた結論は、リアムが士官学校を卒業して軍役に就く期間だ。

その期間、軍はリアムに副官を派遣する。

選ばれるのは、女性士官の中でもエリート中のエリートだけだ。

容姿、能力、全てが揃《そろ》わないと選ばれない。

リアムほどの大貴族の副官ともなれば、生半可な実績では選ばれることはないだろう。

だからユリーシアは、特殊部隊への入隊を希望した。

厳しい訓練を突破し、実戦に投入されれば過酷な任務が待っている。

そこを突破し、実績を積み上げて必ずリアムの副官になる。

そして最後にはリアムを籠絡し、今度は自分が捨ててやるのだ。

別に捨てられたわけではないが、ユリーシアのプライドの問題だった。

案内人の思惑と、ユリーシアの思惑は微妙に違っていた。

そもそも、ユリーシアはリアムを殺したいのではない。捨てたいだけだ。

「必ず振り向かせてやる。そのために、リアムを徹底的に調べてやるわ」

リアムのことを常に考え、厳しい訓練にも耐え抜いてきた。

もう諦めて自分の幸せを追えば良いのに、ユリーシアはリアムのことばかり考えている。

「どうやって籠絡してやろうかしら。あいつの好みを全て把握しないとね」

ユリーシアが鏡の前でニヤニヤしていると、それをトイレに入ってきた同僚に見られていた。

「ひっ!」と悲鳴を上げられていた。

案内人は首都星にあるビルの上に立つ。

「これからもどんどん種をまいていきましょう！　いずれ、そのどれかがリアムに届くと信じてね」

リアム、今だけは見逃してやる。案内人はそんな気持ちだった。

「その時まで、私は力を蓄えることにしましょう」

今もリアムの感謝の気持ちが案内人の体を焼く。

案内人は、首都星の負の感情を吸収しつつリアムへの復讐の機会を待つのだった。

◇　◆　◇　◆　◇

◇　◆　◇　◆　◇

案内人は見逃していたが、リアムへ復讐心を抱く者たちはまだいた。

バークリーファミリーだ。

薄暗い会議室で、立体映像として出席するファミリーの幹部たち。

全員がバークリーファミリーのボスの子供たちだ。

「デリックが死んだそうだな」

ボスの言葉に、幹部たちはデリックへの不満を口にする。

「野郎、惑星開発装置を一つ失いやがった」

「使えない奴《やつ》だったな」

「戦力も失った。あいつは本当に役に立たないな」

ボスは片手で猫のような何か——猫に似た別の生き物を可愛がっている。

「可愛い息子が殺された、なんて俺は言わねぇよ。だがな——」

ボスは額に青筋を立てている。

「ファミリーに喧嘩《けんか》を売った馬鹿がいる」

会議室に映し出されたのは、リアムの顔だった。

幹部たちはリアムを見ると、苦々しい顔付きになる。

「海賊狩りのリアムか」

「落ちぶれたバンフィールド家を復興させた麒麟児《きりんじ》だったか？」

「すぐに殺せばいい」

幹部たちがそれぞれ反応を示すと、ボスはテーブルに拳を振り下ろした。

猫のような生き物が驚くと、優しく撫《な》でて落ち着かせている。

「こいつは前から海賊を狩り続ける面倒な奴だった。以前から消したいとは思っていたが、堂々と喧嘩を売られたら黙ってはいられない」

海賊たちが懸賞金をかけられるように、裏社会ではリアムに莫大《ばくだい》な懸賞金がかけられている。

馬鹿がリアムを狙うのだが、その全てが返り討ちに遭っていた。

一時期、リアムの領地に海賊たちが殺到した時期もあった。だが、全てが返り討ちに遭っている。今では恐れられ、懸賞金の額がつり上がっても挑もうとする海賊はいない。

狙うのは、命知らずの馬鹿たちだけだ。その誰もがリアムに出会うことなく消されている。

「これからうちとバンフィールドで戦争になる。日和見を決めそうな貴族たちに、脅しをかけて覚悟を決めさせろ」

味方を増やし、リアムを叩《たた》くことをボスは決めた。

それだけ、リアムを脅威と判断している証拠でもある。

「親父《おやじ》！　そんなことをしなくても俺が！」

息子の一人が、リアムをやると名乗り出た。

だが、それを止める。

「デリックはそれで死にやがった。これ以上、戦力を小出しにするな、馬鹿野郎が」

ボスはリアムの顔を見て口角を上げた。

「小僧、バークリーファミリーに喧嘩を売って、タダで済むと思うなよ」

リアムの知らないところで、大きな戦いがはじまろうとしている。

◇　◆　◇　◆　◇

幼年学校の第一校舎。

窓から日差しが差し込む中、俺は机に肘をついて手にアゴを乗せていた。

「どうして世の中は思い通りにならないんだろうな」

どう考えてもおかしい。

子分のウォーレスが、俺に泣きついてくる。

「リアム、小遣いの増額を！　何としても増額してくれ！」

そんなウォーレスを呆《あき》れて見ているのが、クルトである。

「ウォーレスは相変わらずだね」

腕を組むエイラは、ウォーレスに対して嫌悪感を丸出しだ。

「どうせ遊びで使ったんでしょう？　無駄遣いを止《や》めればいいのよ」

ウォーレスだが、そんな二人の意見を聞き入れるつもりはないようだ。

「五月蠅《うるさ》いよ！　こっちはリアムの屋敷で贅沢《ぜいたく》が出来ると思ったのに、セリーナがいて地獄だったんだぞ！　少しくらいここで贅沢をしてもいいじゃないか！」

何をしても怒られるウォーレスを見ていたが、こいつが悪いのでセリーナを責められない。

セリーナに、こいつが皇子として毒にも薬にもならないと言われた理由が分かった。

別に厄介ではないが、ただのお荷物だ。

そんなお荷物の面倒を見ることになったのも誤算だが、一番の問題はロゼッタだ。

四人で話をしていると、ロゼッタがやって来る。

「ダーリン、昼食はどこで食べるの？　学食？」

鋼の心を持つ女と思っていたロゼッタだが、実はチョロインだった。

簡単に俺になびいたこいつには、心底ガッカリしている。

ただ、簡単に捨てるということも出来ないのが現状だ。

公爵という爵位は欲しいし、何よりもロゼッタを手に入れるために無茶をしすぎた。

簡単に捨てては、俺の社会的な信用が落ちてしまう。

ロゼッタが俺を裏切るなら容赦しないが、それまでは俺から捨てることが出来ない。

「購買部でパンを買う」

俺がパンで済ませようとすると、ロゼッタは頷《うなず》いた。

「パンね。任せて。人気のパンを買ってくるわ」

誰がお前にパンを買ってこいと言った？　自ら進んでパシリになろうとするお嬢様がいていいのか？　違う、お前はそうじゃないだろ。

「お前が買いに行くな。ウォーレスに買いに行かせる。ウォーレス、パンを買ってこいよ」

すると、ウォーレスが自慢の青い髪を払いのけるようにかきあげた。

「無理だ。昼食時の混雑を知らないのか？　私では人気のパンなど買うことすら出来ない」

自信満々に、パンすら買えないと言い出した元皇子様にはガッカリだ。

クルトが冷めた目を向けていた。

「ウォーレス、本当に役に立たないね」

エイラは肩をすくめている。

「使えな～い」

言われたウォーレスだが、痛くも痒《かゆ》くもないようだ。

「ふっ、何とでも言えばいいさ。だが、元皇子にパンを買ってこいと言うリアムがおかしいと思わないか？」

そんなウォーレスに、俺はもう一度言ってやる。

「ウォーレス、パン買ってこいよ」

「リアム、本当に勘弁してくれ。昼食時のパンの争奪戦は私には過酷すぎる」

こいつは嘘《うそ》を言っている。

「嘘吐《つ》け。俺が行ったときは、混雑なんかしていなかったぞ。みんなお行儀良く並んでいたからな」

流石《さすが》は貴族の学校だ。揃いも揃ってお行儀良くパンを買っていた。

クルトとエイラが顔を見合わせると、二人揃って首を横に振った。

「それはリアムだからだよ」

「リアム君は怒らせると怖いからね」

俺を恐れてお行儀が良いのか？　それはそれで面白いが、今の問題はロゼッタだ。

本人は困った様子で悩んでいる。

「えっと、パンは買わなくていいのね？」

ロゼッタが困っていたので、パンは諦めることにした。

「なら、学食に変更だ」

「学食ね。任せて、一番いい席を確保しておくわ」

だから、お前は何でパシリとか小間使いみたいな事をするの？

そういうのは、俺がお前にさせるから楽しいのであって、自分から進んでやられても嬉《うれ》しくないんだよ。

「確保はいい。大人しくしていろ」

「そ、そうね。そうするわ」

シュンとしてしまうロゼッタを見ていると、まるで俺が悪いことをしたみたいじゃないか？　いや、するつもりだったけどさ。これは違うよね？　悪いことをして責められるならいいが、何もしていないのに責められるとか納得できない。

ウォーレスは当たり前のように俺にたかってくる。

「リアム、昼食はデザートを所望する。一番高いやつが食べたい」

「お前は水でも飲んでろ」

どうして俺が子分にたかられないといけないのか？　おごるのはいいが、ウォーレスにいいように使われている気がして嫌だ。

わがままを言うウォーレスに、エイラは露骨に舌打ちをする。——こいつはこいつで、ウォーレスがそんなに嫌いなのか？　生理的に無理という奴だろうか？

「ウォーレスは霞《かすみ》でも食べたら？　私は学食のデザートを食べるけど」

「君はちょっと酷《ひど》くないか？　クルト、君も何とか言ってくれ」

話を振られたクルトだが、ウォーレスの態度には思うところがあったらしい。

「エイラも少し酷いと思うけど、ウォーレスはもう少しお金の使い方を学んだ方がいいよ」

「お前も私の敵に回るのか！　リアム、私のパトロンのリアム！　こいつら二人が私に酷いことを言うぞ。黙っていていいのか⁉」

子分が俺に助けを求めてくる。

違う。俺が思っていた子分はこんな感じじゃない。

「黙って日替わり定食で我慢しろ」

「君も私を見捨てるのか！」

「見捨てられたらどれだけ良かったか」

「え？　何で本当に残念そうにしているんだい？　捨てるのか？　私を捨てるのか！」

掴《つか》みかかってくるウォーレスの頭を押しのける。

「五月蠅い、離れろ」

迷惑そうにしていると、俺よりもエイラの方が怖かった。

「ウォーレス、てめぇ、気安くリアム君に触ってんじゃねーぞごらぁ！」

「ひぃぃ!!」

ウォーレスがエイラに追い回されて、教室内を逃げ回る。

俺が思い描いていた幼年学校の生活は――こんな生活ではなかったのに。

◇　◆　◇　◆　◇

首都星。

そこでは、宰相が役人たちを集めていた。

集められたのは、クラウディア家を長年監視していた者たちだ。

代々でクラウディア家を監視してきた家も少なくなく、全員が不満そうな顔をしている。

彼らを前にする宰相は笑顔だった。

「今までの忠勤、大変ご苦労だった。君たちには新しい仕事を用意しよう」

当然のように、監視者たちは納得できないようだ。

「宰相！　今更変更など受け入れられません。いっそ、バンフィールド家を監視するようご命令ください！」

「そうです！　亡き陛下のご命令は生きております！」

「バンフィールド伯爵の監視をさせてください！」

長年やってきた仕事を奪われ、新しいことをしろと言われても彼らも困る。

そんな彼らの立場を宰相も理解していた。——しかし、もう彼らは邪魔だった。

「そうか。では、君たちには死んでもらうとしよう」

「——宰相？」

机の上に、彼らが長年集めた貴族たちの弱みをプリントした書類を投げつける。

監視者たちは、その書類に目を見開いた。

「まさか、私のことまで調べているとは思わなかったよ」

人を苦しめるばかりか、覗《のぞ》きにも特化している集団。使い道はありそうだが、宰相は自分に逆らう人間を許さない。

「こ、これは違うのです！」

「言い訳は必要ない。お前たちが消えれば、私は安心して枕を高くして眠れる。そのために、お前たちには消えてもらう」

監視者たちが抵抗しようと身構えると、控えていたティアがレイピアを抜く——突きに特化した剣で、監視者たちの急所を全て一突きにする。

次々に倒れる監視者を見て、宰相はティアに拍手を送った。

「素晴らしい腕前だ。士官学校でも期待できそうだね」

ティアは刃の血を拭い、鞘《さや》に戻すと監視者たちを見下ろしていた。

「この程度、造作もありません。リアム様に敵対した小役人を処分する機会をくださり、ありがとうございました」

リアムに逆らった監視者たちは、ティアからすれば敵でしかない。

宰相はティアに今後の予定を確認する。

「士官学校へはすぐに入学するのかな？」

「はい。来年度には入学する予定です」

宰相は控えていた他の部下たちが、死体を片付けるのを見ながら言う。

この程度で慌てることはない。

「伯爵の今後の予定はどうなっている？」

幼年学校の四年生となると、卒業も近い。

三年もしない内に卒業すれば、リアムは大学か士官学校のどちらかに進まなければならない。そのどちらに進むかを宰相は気にかけていた。

「リアム様は士官学校を優先するそうです」

「そうなると、修行終わりは大学になるな。さて、それまでにこの戦いは終わるかな？」

暗にバークリーファミリーとの戦いは大丈夫か？　そんな問いだった。

ティアはリアムの勝利を信じて疑わない。

「勝つのは我らです。意外と早く片付くかもしれませんね」

宰相はそれを聞いて微笑する。

「そう願っているよ」

◇　◆　◇　◆　◇

幼年学校の第一校舎。

「円卓の騎士とか、十二騎士とか格好良くない？」

そんな残念なことを言い出すのはウォーレスだった。

クルトが冷めた目を向けている。

「またはじまった。ウォーレス、今度は何を思い付いたんだい？」

「いや、だから、選ばれた有能な騎士たちに番号を付けるんだ。後宮の書物で読んだんだけど、かっこいいだろ？」

「それ、漫画じゃないか」

クルトの指摘にウォーレスが視線をそらす。漫画にそんな騎士団が登場しているらしい。

前世でも新田《にった》君がその手の話に詳しかったな。俺もいくつかお勧めを読ませてもらった。

こちらの世界の漫画では、有能な十二人の騎士たちに番号を与えている形か？

王がそんな騎士たちに特権を与え、特別感を出しているようだ。

その話を校舎裏でしている俺たちは、男だけで馬鹿な話をしていた。

「十二人も強い騎士を集めるとか面倒じゃないか？」

俺がそう呟《つぶや》くと、クルトが「真に受けないでよ」という呆《あき》れた顔を向けてくる。

「ウォーレスの話を本気にしない方がいいよ。ウォーレスの知識は、ほとんどが漫画だからね。そもそも、十二人くらいすぐに選べるし」

「選べるのか？」

驚く俺に、クルトも戸惑いながら頷《うなず》く。

「う、うん。ほら、単純に考えてみてよ。僕の実家にだって騎士が沢山いるんだよ。そこから十二人を選ぶなんて簡単じゃないか」

「でも、特別強い騎士だろ？　そんなに多いか？」

「条件次第だけど、クリアする騎士はいると思うよ」

言われてみれば、騎士なんて大量にいるからな。

調べれば、その中に強くて有能な奴《やつ》も絶対に出てくる。

今のバンフィールド家ならば、ティアとマリーがそれに当たるだろう。

「なら、すぐにでも集めて番号を振り分けるか」

俺がそんなことを言い出すと、クルトが慌てて止める。

「駄目だよ。特別扱いなんて問題も増えるんだ。そもそも、ウォーレスの言う十二騎士って、敵側の話だからね」

ウォーレスを見ると、俺から視線をそらしていた。

俺はこいつを少しだけ見直した。

悪の道に入ろうとする根性だけは認めてやる。

クルトからすれば非効率的に見えるようだが、俺は気に入った。

簡単に言えば、ヒーロー物に登場する悪の軍団的みたいなものだろう？

四天王とか、そういう感じだ。

なら、俺も悪徳領主としてそういう騎士団が欲しい。

何か最近、悪徳領主として活動していない気がする。

そもそも幼年学校にいるのだから、何も出来ないけどな。

「円卓か、十二騎士か。どちらを選ぶかが問題だな」

俺が呟くと、ウォーレスが手を挙げる。

「リアム、私は円卓の騎士団を設立するから、そちらは選ばないで欲しい！　かぶると真《ま》似《ね》たみたいで恥ずかしいだろ？」

勝手なことを言うウォーレスだが、確かにかぶるのはまずいな。だが、漫画の真似をしたと思われる方が恥ずかしくないだろうか？

俺の時は何か良い案を考えておくとしよう。

クルトが俺たちを見て肩を落とす。

「リアムがウォーレスに毒された」

ウォーレスは、クルトの物言いに腹が立ったらしい。

「私に対して失礼すぎるだろ」

男三人で話をしていると、俺たちを見つけたロゼッタとエイラが手を振ってやって来る。

男同士の貴重な時間を邪魔しやがって。

「ダーリン！　見つけましたわ！」

「二人ともそこで何をしているの？」

笑顔で駆けてくるチョロインと、ナチュラルにウォーレスを無視するエイラの二人。

中でもロゼッタの方は問題だ。

満面の笑み。

ふわりと跳ねている縦ロールの髪。

揺れる胸。

可愛《かわい》い走り方――そこに、あの鋼の心を持った気の強いロゼッタの姿はどこにもない。

高潔で気高いロゼッタは、俺を見て尻尾を振る犬のように駆け寄ってくる。

犬と思ったら凄《すご》く愛らしく見えてくるから困るな。

「――どうしてこうなった」

「どうしたの、ダーリン？　も、もしかして体調が優れないとか!?　すぐに医務室に行きましょう！」

「違う。そうじゃない」

俺を心配してくるロゼッタは、本当に俺を案じている。この態度が嘘《うそ》で、実は俺を騙《だま》そうとしているとしたら――まだ楽しめたかもしれない。

なのに、それらしい気配が一切無い。
鋼のような精神を持ったロゼッタは、いったいどこに消えてしまったのだろうか?

特別編 ▼ 屋敷のメイドたち

これは、リアムが幼年学校に入学する少し前の話だ。

量産型のメイドロボの一人【白根《しらね》】は、普段通り屋敷で業務を行っていた。

無表情で淡々と業務をこなす白根たちメイドロボは、周囲からは何を考えているのか分からないと怖がられている。

そもそも、アルグランド帝国では人工知能たちは恐怖の対象だ。

毛嫌いしている人間も多かった。

だから、自然と白根たちメイドロボに近付く人間は限られている。

そんな白根が業務を行っていると、隣の部屋から会話が聞こえてきた。

人間ならば聞き取れないだろう話し声は、屋敷で働くメイドたちのものだ。

白根たちメイドロボではなく、人間のメイドたちだ。

「あと三ヶ月もすれば、領主様は幼年学校に入学よ。どうするの？」

リアムの幼年学校入学が迫っている。

メイドたちの話題は、どうしてもリアム関連が多くなっていた。

白根は業務を行いながら、メイドたちの話に聞き耳を立てていた。

隣の部屋から聞こえてくるのは三人の女性の声だ。

「お父様に聞いたけど、幼年学校に入学すると三年は戻ってこないって。下手をすると、卒業までお戻りにならないって話よ」

貴族としての修行が本格的にはじまる。

それは彼女たちにとっては、色々と問題のようだ。

「領主様、さっさと修行を終わらせるつもりらしいわよ。卒業後はすぐに士官学校か大学に進学するんじゃないかしら？　そうなると、何十年も戻らないかもね」

この世界の寿命は長い。

そのため、修行にかかる年数もそれだけ長くなる。

定期的に戻っては来るだろうが、戻ってきても忙しい日々を過ごすだろう。

メイドたちにとって、それは面白くない話だ。

白根は会話の内容から、リアムに不利益が発生しないと判断する。

(問題なし。報告の必要性もなし)

リアムが領地を離れるのを気にかけるメイドたち。

彼女たちの本心に白根は気付いていた。

(旦那様にも困ったものですね)

リアムの側《そば》で働くメイドたちだが、領内から選《よ》りすぐられた才女たちである。

家柄、才能、そして容姿――全てが揃《そろ》った才女たちが集められていた。

そんな彼女たちは、リアムからお手付きされると側室になる契約が結ばれている。

その立場に座るために、毎年のように多くの若い女性たちが屋敷に就職してくる。

理由は、リアムが領内の最高権力者だからだ。

バンフィールド領内に限れば、リアムは絶対的な存在である。そんなリアムの側室という立場は、正室でなくとも領内で大きな存在となるのは明白だ。

領内の大企業や、高官の娘たち。

他にも自分の才覚のみで這《は》い上がった娘たちが、リアムの目に留まればチャンスがあると信じて屋敷で働いていた。

仕事が一段落した白根は、隣の部屋から聞こえてくるメイドたちのプロフィールを確認する。

すると、同型機である姉妹たちとリンクしているため、情報が共有されてしまった。

白根の視界には、次々にコメントが書き込まれていく。

感情がよく出ている音声で読み上げられる。

『また旦那様に挑戦者登場！』

『諦めた方が利口だと思いますけどね』

『おや、この娘はもしかしたら可能性があるかもしれませんよ』

プロフィールを確認すると、一人は大企業の創業者一族だった。

会長が祖父。社長が母。

家柄と本人の才能も素晴らしく、容姿にも優れていた。

見事な金髪碧眼《へきがん》の美少女で、屋敷の外にいたら男性からのアプローチで毎日大変だろうと思われる娘だ。

コメントを書き込んでくるのは【塩見《しおみ》】だ。

『今回は期待できますね。確率は一パーセントを超えますよ。私はこの子が、旦那様の目に留まると判断しました。負けたら、私はお気に入りのリボンを差し出しますよ』

メイドロボたちにとって通貨はほとんど意味がない。

貴金属に関しても、人間のように欲しがらない。

そんなメイドロボたちがこだわるのは、同型機との違いを出すアクセサリー類だ。

個性を出す道具をメイドロボたちは好む。

メイドロボたちを統括する天城《あまぎ》は、そもそも容姿が違うので個性を出す必要がない。量産機たちにとっては、アクセサリーは自分である証《あかし》のようなものだ。

そのため、似たようなアクセサリーは基本的に使用しない。

塩見が賭けたのは、リボンを使用する権利だった。

リボンを使って個性を出したい他の同型機である姉妹たちにしてみれば、それは非常に魅力的なのだが――。

『塩見、あなたは本気ですか？』

『一パーセントに賭けるその姿勢は好きですが、負けますよ？　この前も、それで組紐《くみひも》を【荒島《あらしま》】に取られましたよね？』

『理解できません。どうして負ける確率が高い方に賭けるのですか？』

他の姉妹たちが理解不能と呆《あき》れる中で、塩見は強気の音声でコメントを再生する。

『確率はゼロじゃない。一パーセントでも可能性があるなら、私はそこに賭けます。あなたたちは負けた時の心配をしなさい。私が勝ったら、あなたたちのアクセサリーを全て身につけてこれでもかと個性を強調してやりますよ！』

勝った時のシミュレーションをする塩見に呆れる一同。

すると、隣の部屋に動きがあった。

メイドたちが、何としてでもリアムに近付いて自分たちを売り込もうと話している。

「こうなったらさ、ちょっと強引に領主様に話しかけてみない？」

「侍女長に怒られるわよ」

「なら、このまま何もせずに過ごすの？　三ヶ月もすれば、これまでの努力が全て無駄になるのよ。そんなの私は嫌よ。この屋敷で働いているのも、全ては側室になるためよ。私は諦めないから」

塩見が賭けたメイドは、随分と野心が強いようだ。

リアムの側室になれば、領内では絶大な権力を握ることになる。

側室の立場を手に入れるために必死だった。

白根の目の前にコメントが次々に表示され、盛り上がりを見せる。

一番元気なのは塩見だ。

『頑張れ！　旦那様にアタックよ！　本当に頑張れ！　このままだと、お家断絶の危機なのよ！』

リアムは口ではハーレムを築くと言っているが、実行しようとする気がまるでない。

ブライアンを始め、周囲にいる者だちは本当にハーレムを作る気があるのか疑っているほどだ。

そうでなくても、生身の女性に興味すら持っていない。

周囲は心配で仕方がなく、メイドロボたちもそれは同じだ。

さっさとリアムに人間のパートナーが欲しい。

割と切実な願いもあっての、塩見の賭けだった。

そんな時だ。

偶然にも天城を伴ったリアムが、近くを通りかかるようだ。近くにいるメイドたちの端末には知らせが届き、慌ただしく三人が廊下に出る。

白根も部屋を出て通り過ぎるリアムに頭を下げた。

本来ならば声もかけずに通り過ぎるような立場のリアムだが、メイド三人はスルーして白根の前で立ち止まった。

「白根じゃないか。こんなところにいるのは珍しいな。お前の持ち場は違う場所だろ？」

量産型の白根の外見は、他の姉妹とほとんど変わらない。

それなのに、リアムだけは一瞬で見抜いてくる。

しかも、メイドロボたちの仕事内容にも詳しかった。

（どうして旦那様は、私たちの業務内容にお詳しいのでしょうか？）

――凄《すご》すぎて引く。

それが白根の正直な感想だが、そんなリアムにも欠点がある。

「あ、あの！」

意を決して頭を上げて声を発するのは、野心にあふれるメイドだった。

本来なら無礼な態度だが、リアムは目を細めて不快感を示すだけに留《とど》める。

口を開くのは天城だ。

「何かご用でしょうか？」

「領主様、お久しぶりです。私は以前に、父に伴われて領主様の成人式のパーティーに参加させていただきました」

以前にリアムと面会したメイドは、何とかきっかけを作ろうと必死だった。

だが――リアムの視線が一瞬だが泳いだのを、天城も白根も見逃さなかった。

視覚情報を共有していた塩見の声が、白根の頭の中に響き渡る。

『いやぁぁぁ!!　私のリボンがぁぁぁ!!』

リアムはメイドのことを覚えていなかった。

とても美しい娘なので、一度でも会話をすれば記憶に残りそうなものなのに、だ。

リアムはわざとらしく忙しさを強調してから、この場を離れていく。

「久しいな。だが、俺も忙しい。悪いが話はここまでだ」

メイドの前で威厳を崩さないように立ち去るリアムだが、白根の横を通り過ぎる際には手を振っていた。

チャンスをものに出来なかったメイドの方は、床に崩れ落ちて呆然《ぼうぜん》としている。

白根の視界は、塩見の絶叫とそれをからかう姉妹たちの書き込みであふれていた。

『私の個性が奪われる』

『人工知能なのに一パーセントに賭ける塩見は個性的ですよ』

『問題があるのではないですか？』

『そもそも、負けて当然の賭けですよね？』

賭けは塩見の負けだった。

そこに、統括である天城のコメントが書き込まれる。

『――あなたたち、旦那様で賭け事をするとはどういうつもりですか？』

読み上げられた音声は、とても低く威圧的なものだった。

書き込みが途絶え、蜘蛛《くも》の子を散らすように皆が逃げていく。

◇　◆　◇　◆　◇

それから一ヶ月後。

白根《しらね》が屋敷の廊下を歩いていると、窓の外から声がした。

二階の窓から中庭を覗《のぞ》けば、そこには若い男性騎士と笑顔で話しているあのメイドの姿があった。

どうやら、男性騎士といい関係を築いているらしい。

リアムの屋敷には有望な男性も集まる。

そうした男性たちと、女性たちも出会う機会が多かった。

リアムの側室の地位を諦めたメイドは、どうやら素朴で心優しい騎士を選んだらしい。

(旦那様に見初められませんでしたが、彼女は幸せそうですね)

いつも通りだと判断して歩き出せば、廊下の向こう側にリアムの姿が見えた。

どうやら塩見を捕まえて話をしている。

「塩見、前に着けていた組紐はどうした？」

「他の姉妹に譲渡しました」

賭けに負けて奪われただけなのに、自らが進んで渡したように言っている。

リアムは心配した顔をしていた。

「本当か？　いじめられていないよな？」

「はい。問題ありません」

塩見が言うならと納得するリアムは、自分の装飾品である黄金の腕輪を外した。そのまま塩見の左腕に着けてやる。

「何もないと寂しいからな。俺からのプレゼントだ」

「──ありがとうございます」

深々とお辞儀をする塩見は、表情に乏しいが少し微笑《ほほえ》んでいるように見えた。

だが、内心──リンクしている白根は、塩見の感情に気付いていた。

『旦那様の腕輪をゲットしたぞぉぉぉ!!　見たか姉妹たち、これが負けて勝利を得る策士塩見様の実力よ!』

組紐を失いながらも、黄金の腕輪を手に入れた塩見に他の姉妹たちは激怒していた。

『卑怯《ひきょう》ですよ!』

『旦那様の優しさにつけ込んで──人間の言う女狐《めぎつね》とは、塩見のような存在でしょうね』

黄金の腕輪をもらったから腹立たしいのではなく、リアムからアクセサリーをもらったから羨ましい。

それは白根も同じだ。

悔しいから、統括である天城に報告することにした。

『塩見──反省しなさい』

リアムが手を振って塩見から離れていくと、代わりに現れるのは天城だった。

塩見の前に歩み出ると、無表情で言う。

「塩見、ついてきなさい」

「──はい」

無表情で塩見を連れて行く天城だったが、他のメイドロボたちは拍手喝采だ。

そして、塩見の方は絶望した声を上げている。

『私を統括に売ったわね、白根！』

無表情の白根は、楽しそうにコメントを書く。

『統括に叱られるといいわ。怒った統括は怖いから気を付けるのね。旦那様に関わる内容は、ネチネチと責めてくるから覚悟するといいわ！』

高笑いをする白根だったが、天城が立ち止まる。

「随分と楽しそうですね、白根。あなたもついてきなさい」

天城が目を細めて命令してくると、白根は一瞬だけ瞳をさまよわせた。そして、諦めたのか塩見と同様に天城の背中についていく。

隣に立つ塩見が白根を笑っていた。

『調子に乗るからよ』

『ちょっと怖いって言っただけなのに』

今日もメイドロボたちは、周囲に内心を悟られず過ごしていた。

あとがき

作者の三嶋与夢《みしまよむ》です。

ついに『俺は星間国家の悪徳領主！』も三巻が発売となりました！

これも応援してくださった読者さんたちのおかげですね。

毎回あとがきが短かったのですが、今回は普段よりも多いページ数を確保できました。

自分はあとがきが苦手なので、何を書けばいいのか毎回悩みます。

作者の個人的な話を書いても喜ばないと思いますので、今回はこの作品がどうして誕生したかを書こうと思います。

ＷｅｂやTwitterなどでは時々書いているのですが、書籍版のみ追いかけている読者さん向けにここで書かせていただきます。

最初にこの作品を書こうと思った理由ですが、実はこの作品――初期のタイトルが違います。

最初は「星間国家が存在する異世界に転生したので悪徳領主を目指してみた！」です。

当時の流行を押さえた素晴らしいタイトル――なのかな？

とりあえず、物は試しと一章だけで終わらせるつもりで書きました。

最初は続けるつもりもなく、一度は完結させています。

しかし、読者さんに続きが読みたいと感想を頂くようになり、その頃に連載していた別作品が完結したこともあって続きを書くようになりました。

自分は他にも出版している作品があったため、その作品の宣伝になればいいか、という考えでしたね。

Ｗｅｂ小説は基本的に投稿すると読んでくれる読者さんが増えるので、その時に一緒に「書籍化作品をよろしくね！」と。

そう、元々この作品は他作品の宣伝作品でした。

書籍化を狙うのではなく、書籍化している作品の宣伝のために続きを書き始めたのが連載のきっかけです。

途中でタイトルも変更し、軽い気持ちで続きを書くように。

とにかく爽快に！

悪党を目指すリアムが、勘違いから次々に問題を解決していく。

その頃はサクサク読める作品を目指していました。

前世で善人だった男が、自分の不幸を呪って異世界で悪人を目指す。

しかし、前世の価値観から、悪事を働いているはずなのに反対に善人として評価される。

そんな勘違い要素を含んだ作品ですが、「小説家になろう」で人気となり日間ランキングで一位を何度か獲得しました。

ただ、その頃はこの作品が書籍になるとは考えていませんでしたね。

自分は他社さんでいくつかの作品を出版しておりまして、これまでの経験から「ロボット物は難しい」と理解していたからです。

ロボット物でも有名作品はあるだろ？　そう思われる読者さんもいると思いますが、書籍にするとなると本当に大変です。

理由を書くと長くなるため省きますが、書籍にするのはとても面倒と考えてください。

そのため、自分はこの作品は書籍化しないと最初は思っていました。

だから気軽に続きが書けていましたし、いい気分転換にもなっていました。

次はリアムにどんなことをさせようかな？　この問題はリアムならどう解決するかな？

もっと酷《ひど》いキャラクターを書きたいな、とか。

どうせ書籍化はしないから、ぶっ飛んだ設定にもしましたね。

戦艦を数千メートルの大きさにするとか、艦隊の数を万単位にするとか。

書籍化を意識せず、気軽に書いていましたからね。

そうしたら、オーバーラップ文庫さんから書籍化の打診を頂きました。

書籍化に向いていない作品なのは理解していましたし、登場人物も多く人型兵器の種類も多い。

書籍化作業が大変だろうな、と。

最初こそ「え、本気？」と信じられずにいましたが、実際に書籍になると信じざるを得ませんでした。

オーバーラップ文庫さん凄《すご》いよね。本当に書籍化させましたよ。

そしてコミカライズまで決定しています。

本当に奇跡みたいな作品です。

書籍化の際に色んな不思議な話もあったりしますが、そろそろスペースが少なくなってきたので止めておきます。

とりあえず、最初は他作品の宣伝作品だった——と、覚えてもらえれば問題ありません。

長くなりましたが、書籍化までの経緯はこんな感じです。

一度はＷｅｂで完結して、本来なら書籍化しなかったかもしれない作品です。

それが読者さんたちから続きが読みたいというコメントを頂き、再び書き始めたら書籍化しました。

こんなことってあるんですね。

ただ、自分も書いていて楽しい作品ですので、これからも続きが書きたいです。

これからも読者さんたちが楽しめる作品を書くつもりですので、変わらぬ応援よろしくお願いします！

これからの活躍にも
ご期待下さい。
高峰ナダレ

作品のご感想、
ファンレターをお待ちしています

あて先

〒141-0031
東京都品川区西五反田 7-9-5 SGテラス 5階
オーバーラップ文庫編集部
「三嶋与夢」先生係／「高峰ナダレ」先生係

OVERLAP

俺は星間国家の悪徳領主！ ③

発　行　2021年4月25日　初版第一刷発行

著　者　三嶋与夢
発行者　永田勝治
発行所　株式会社オーバーラップ
〒141-0031　東京都品川区西五反田 7-9-5
校正・DTP　株式会社鷗来堂
印刷・製本　大日本印刷株式会社

Printed in Japan ISBN 978-4-86554-888-4 C0193

オーバーラップ文庫
居候先の三姉妹がえっちなトレーニングを求めてくる
［えっちな気持ちの解消法、私たちに教えて？］
「私の三人の娘と共同生活しながらスポーツを指導し、全国大会に出場させよ」
元十種競技選手の俺・十王子五記は学園の理事長から依頼を受けるが――
三姉妹全員煩悩まみれ!?　ドSにドMに露出癖……学園生活で発散できない
えっちな欲望を向けてきて……!?
著 坂東太郎　イラスト さとうぽて
シリーズ好評発売中!!

面倒な家事も、些細なイベントも、
女子大生と女子高生が一緒だと
ちょっと楽しい。
4/25
発売!!
駅徒歩7分1DK。
JD、JK付き。1
著：書店ゾンビ　イラスト：ユズハ

第9回 オーバーラップ文庫大賞
原稿募集中!
イラスト：KeG
紡げ、魔法のような物語!
【賞金】
大賞…300万円
(3巻刊行確約+コミカライズ確約)
金賞……100万円
(3巻刊行確約)
銀賞………30万円
(2巻刊行確約)
佳作………10万円
【締め切り】
第1ターン 2021年6月末日
第2ターン 2021年12月末日
各ターンの締め切り後4ヶ月以内に佳作を発表。通期で佳作に選出された作品の中から、「大賞」、「金賞」、「銀賞」を選出します。
投稿はオンラインで! 結果も評価シートもサイトをチェック!
https://over-lap.co.jp/bunko/award/
〈オーバーラップ文庫大賞オンライン〉
※最新情報および応募詳細については上記サイトをご覧ください。
※紙での応募受付は行っておりません。